AQUARIUS

AQUARIUS

AQUARIUS

AQUARIUS

每個人心中都有一座島嶼，

藉文字呼息而靜謐，

Island，我們心靈的岸。

The Haunting of Hill House

鬼入侵

雪莉．傑克森◎著（Shirley Jackson） 余國芳◎譯

《鬼入侵》

目錄

第一部 011
第二部 043
第三部 067
第四部 109
第五部 157
第六部 189
第七部 205
第八部 235
第九部 263

第一部

1

沒有任何一種生物體能夠這樣長時間保持完全清醒的狀態；即便是雲雀和紡織娘也有入夢的時候。大山厝，意識不清的，傍著山丘，擁著一屋子的黑暗；它如此這般的，已經站立了八十年，很可能會再繼續站上個八十年。房子裡，牆壁依舊挺直，磚塊依舊密合，地板依舊平整，所有的房門依舊知趣的關閉著；沉默依舊安穩的依偎著大山厝裡的一石一木，就算那裡還有什麼東西在走動，也是孤獨的在走著。

約翰．蒙塔格是一位博士，鑽研人類學；說不出所以然的，他始終覺得唯獨這個領域才真正貼近他的興趣所在——超自然現象的分析。他極為謹慎的利用著這個頭銜，因為，他所做的研究完全不合乎科學，他希望藉由他的學歷，營造出某種程度的尊重，甚至學術上的權威感。由於他不喜歡開口求人，為了租下大山厝三個月，他費了相當大的力氣，在金錢和尊嚴兩方面都是，但是他認為這次的研究成果，絕對值得補償所有的痛苦，他要將這一棟公認的、所謂「鬧鬼」的房子裡種種的靈異現象和成因，做成完整的報告公開發表。他這一生一直就在找尋一棟真實的鬼屋。在聽說大山厝的當時他存疑，後來抱了幾分希望，再後來開始不眠不休；一旦找到了這棟房子，他就絕不肯放手。

蒙塔格博士對於大山厝的意圖是來自於十九世紀抓鬼獵人們的做法，他打算直接住進大山厝去看個究竟。他這個意圖，最初是仿效一位匿名女士的例子，這位女士曾經住過巴勒辛老屋①，在那兒開了一整個夏天的派對，專門為那些相信有鬼的和不相信有鬼的人，她當時就是以打槌球和找鬼做為號召；但是懷疑的人、相信的人，和會打槌球的人現在都很難找，蒙塔格博士只得改找助手。或許是維多利亞時代悠閒的生活方式可以讓他們投身於靈異方面的研究，也或許是因為一些佐證的相關文件大部分已經失傳；不管怎樣，蒙塔格博士不僅是在聘助理，也是在尋找「對」的人。

因為他認為自己是謹慎而有良心的人，在找助理這件事上他花了相當長的時間。他遍搜靈異研究社的各項紀錄，報紙上一些聳人聽聞的舊檔案，通靈者的各種報導，同時還收集了一份名單，這份名單上的人或許在某個時候，或是以某種方式，不論時間長短和可信度多寡，都曾經涉及過某些不正常的事件。首先他把部分已經去世的人從名單上銷掉。接下來再

① Ballechin House，位於蘇格蘭佩斯郡，一八〇六年建造，一九六三年一場大火幾近全毀。

把一批在他看來只是想出風頭的，或是弱智的，或是只想站上這個舞台炫技的名單一一刪除之後，剩下的大概十幾個人。這些人每一個都收到了蒙塔格博士發出的一份邀請函，邀請他們在一棟鄉村莊園裡度假，過完一整個或部分的夏天，莊園很老舊，可是設備完善，有水有電有暖氣系統，還有乾淨的床褥。他們住在那裡的目的，信上說得很明確，是為了觀察和探索各式各樣的，關於這棟存在了八十年的老房子的傳說。蒙塔格博士的信上並沒有公開聲明大山厝鬧鬼的事，因為蒙塔格博士講究科學，在親身體驗大山厝的靈異現象之前，一切都言之過早。也因此，他信中語焉不詳的措辭對於某些特定的讀者群更具有遐想的空間。發出去的十幾封信中，蒙塔格博士得到了四封回函，另外八個候選人或許已經遷離，沒有留下新地址，也可能是已經喪失了對超自然界的興趣，甚至，更有可能這個人從來就不存在。對於回函的四個人，蒙塔格博士又再去信，寫明了正確入住的日期，並附上詳細的方向指引，他解釋，根據資訊，這棟房子確實非常難找，尤其周圍都是鄉下社區。就在準備出發前往大山厝的前一天，蒙塔格博士經過這棟房子所有權人的遊說，接受由這個家族派出一個代表加入他遴選的團隊；同時，其中一名候選人來了電報，退出的理由明顯是編造的。另外一個人既沒來也沒寫信告知，或許是迫於某些不得已的私人問題吧。其餘兩個來了。

2

伊蓮娜．旺司來到大山厝的時候是三十二歲。既然她母親已經過世，現在世界上她最痛恨的一個人就該是她姊姊了。她討厭姊夫和她五歲的小外甥，她也沒有任何朋友。這大部分歸咎於她照顧生病的母親長達十一年之久，而這也讓她多了一份護士的歷練和面對陽光就會眨眼睛的習慣。她甚至不記得自己的成年生活中到底有沒有真正的快樂過；她陪伴母親的歲月都是由小小的罪惡感和小小的斥責、持續的疲累和無止盡的絕望堆砌起來的。一個人孤獨久了，沒有愛的人，沒想過需要呵護和撒嬌，這使得她很難跟人交談，甚至連普通的寒暄，也會不自覺的口拙。她的名字之所以出現在蒙塔格博士的名單上，是因為有一天——當時她才十二歲，父親去世不到一個月——忽然一大堆石頭落到了他們的屋子上，毫無預警也沒有任何道理，就這麼從天花板落下來，轟隆隆的滾下牆壁，劈哩啪啦的砸破了窗戶，砸穿了屋頂。石頭斷斷續續的連著落了三天，這段時間裡，伊蓮娜和她姊姊對於鄰居和成天待在他們家門口圍觀的人群要比那些落石更緊張、更害怕，再加上母親歇斯底里又盲目的自以為是，她認定從她來的那天起，這整條街的人就在整她，惡意的誹謗她。三天後伊蓮娜和她姊姊搬到一個朋友家去住，落石停住了，之後也沒再出現過，伊蓮娜和媽媽姊姊也搬回原來的家，可是跟街坊鄰居的爭執還是沒完沒了。事過境遷大家也都忘記了，除了蒙塔格博士曾經去討教過的那些人，伊蓮娜和她姊姊當然也忘了這件事，而且也習慣互相推卸責任。

自有記憶以來，在伊蓮娜的內心深處，似乎就一直在等待著類似大山厝這樣的事情發生。日復一日地，她照顧著母親，把一個脾氣暴躁的老太太從椅子上抱到床上，沒完沒了的準備著湯水餐點，洗滌骯髒的衣物，但她始終懷抱著一份信念，總有一天會有大事發生的。她回信接受了前往大山厝的邀請，雖然她姊夫一再堅持要找幾個人調查這個博士，確定他不是在打什麼歪主意，想要把伊蓮娜引入某種她姊姊所謂的「戕害年輕未婚女性的野蠻儀式」裡。或許，伊蓮娜的姊姊在臥房裡跟她先生說著悄悄話，或許這個蒙塔格博士——如果這人確實是叫這個名字——或許，這個蒙塔格醫生是在利用這些女人做某種……「實驗」吧。你知道的——他們做的「那種實驗」。伊蓮娜的姊姊滿腦子都是她聽來的那些博士們做的怪實驗。伊蓮娜根本沒想到這些，就算有，她也不怕。伊蓮娜，簡單一句話，什麼地方都敢去。

狄歐朵拉——這是她最常用的一個名字；她畫的素描簽著「狄歐」，她公寓的大門，小店的櫥窗，電話簿，信紙，壁爐架上那張可愛的照片下角，千篇一律用的都是簡單一個「狄歐朵拉」——狄歐朵拉跟伊蓮娜完全不同。狄歐朵拉有著女童子軍的特質，責任感和道德勇氣。狄歐朵拉的世界是一個明亮又柔和的彩色世界；她之所以會躍上蒙塔格博士的名單是因為：她的出現，給實驗室帶來了歡笑，和襲人的花香——她以逗趣又誇張的方式展現出不可思議的判斷力，不知道她是怎麼做到的，她居然能在二十張卡片裡答對十八張，又在二十張卡片裡答對十五張，然後在二十張卡片裡答對十九張，而這些卡片都是由一名不在場的助理握著的。狄歐朵拉的名字在實驗室的紀錄裡發光，蒙塔格博士想不注意都不行。狄歐朵拉覺得蒙塔格博士的第一封信很有趣，出於好奇她寫了回信（也或許狄歐朵拉是受到內在的、曾經把那些隱形卡紙上的符號告知她的那股神力驅使，是那股力量催促她踏上大山厝的路），其實她並不想接受這份邀請。然而——或許是因為又出現了那種奇特的悸動——當蒙塔格博士的確認信函寄達的時候，狄歐朵拉心動了，甚至為此跟她的室友大起爭執。兩個人各說各話，吵到不可開交；狄歐朵拉蠻橫的把室友為她雕刻的小雕像砸得粉碎，室友也殘忍的把狄歐朵拉送給她的生日禮物，繆塞②的書撕得稀爛，尤其不放過狄歐朵拉題字的那一頁。這些動作當然永生難忘，要想放下這個心結，大概彼此都需要很長一段時間的沉潛吧；狄歐朵拉當晚寫了回信，接受了蒙塔格博士的邀請，第二天沒有留下任何一句話就出走了。

＊

② Alfred de Musset，1810-1857，法國貴族，詩人，劇作家，小說家。

3

路克．山德森是個騙子。也是個小偷。他的姑媽，大山厝的現任屋主，逢人就說她姪子受的是最好的教育，穿的是最好的服飾，有的是最好的品味，但也是她見過最最惡劣的一個陪伴者；只要有機會把他送走，哪怕只是幾個星期，她也絕對不放過。於是由家族律師出面做說客，向蒙塔格博士表明，如果家族裡沒有一個人參與其中，那就不出租這棟房子給他，想必是在他們第一次會面的時候，博士察覺到路克似乎有一種力量，一種自我保護的天賦，像貓，就是這一個特點使他幾乎像山德森太太一樣，急切的希望路克加入他的大山厝之行。總而言之，路克開心，他姑媽開心，蒙塔格博士更加開心。山德森太太告訴家族律師，路克在這棟老房子裡根本偷不到什麼東西。舊的銀器值一點錢，她告訴家族律師，可是對路克來說只怕得不償失：搬動起來太費力，而且得等變賣之後才能換錢。不過，這次山德森太太倒是冤枉他了。路克不可能去偷那些屬於家族的銀器，也不曾去偷蒙塔格博士的手錶，或是狄歐朵拉的手鐲；他的偷和騙只是針對他姑媽皮包裡的零碎現款和玩牌的時候稍微動個手腳而已。他也會把手錶和菸盒之類的玩意偷去賣，比較丟臉的是，那些小玩意都是他姑媽的朋友們送的。日後路克確實會繼承這一棟大山厝，只是他從來沒想到自己竟然就住了進去。

「我認為她就是不該把這輛車開走。」伊蓮娜的姊夫強硬的說。

「這車一半也是我的。」伊蓮娜說。「我也出了錢的。」

「我就是認為她不應該。」她姊夫還是這句話。他向太太告狀。「整個夏天由她一個人霸占這輛車很不公平，我們完全不能用了。」

「凱莉一天到晚都在用，我連一次都沒把它開出車庫過。」伊蓮娜說。「再說，你們整個夏天都待在山上，根本用不著車子。凱莉，你知道的，在山上你根本用不著這輛車。」

「萬一小麗妮生病什麼的呢？我們總得開車帶她去看醫生吧？」

「這車一半也有我的份哪。」伊蓮娜說。「我要定了。」

「萬一凱莉也病了呢？萬一我們找不到醫生得趕去大醫院呢？」

「我不管。我要定了。」

「我覺得不對。」凱莉慢條斯理的說。「我們還不知道你要去哪，對嗎？你根本還沒把事情說清楚，對嗎？我沒有道理隨便就把車借給你。」

「這車有一半是我的。」

「不行，」凱莉說。「不可以。」

「對。」伊蓮娜的姊夫點點頭。「我們必須弄清楚，凱莉說得對。」

凱莉微微一笑。「我絕對不會原諒自己的，伊蓮娜，如果我把車借給你結果出了事。我們怎麼能夠相信那個什麼博士的？畢竟，你還是個年輕的小姐，這車也值不少錢啊。」

「凱莉，我打電話問過信貸公司的霍姆，他說這人信用還不錯，確實是在某所大學……」

凱莉仍舊帶著微笑，說：「當然，一定有各種理由證明他是個好人。可是伊蓮娜就是不肯告訴我們她要去哪，也不肯說出怎麼跟她聯絡，萬一我們想要把車子開回來呢？任何事就怕萬一。就算伊蓮娜，」她繼續慢條斯理的，看著她的茶杯說：「就算伊蓮娜準備隨便接受一個男人的邀請，跟著他到天涯海角，可還是沒道理要我就這樣答應把車交給她呀。」

「這車有一半是我的份。」

「萬一小麗妮病了，在山上，附近又沒別的人？也沒半個醫生？」

「總之，伊蓮娜，我的決定就是媽媽的想法。媽媽信任我，她絕對不會贊成你開了我的車毫無目的的在外面亂跑。」

「那即使『我』生病了呢？就在上面那個——」

「我確信媽媽同意我的說法，伊蓮娜。」

「再說，」伊蓮娜的姊夫突如其來的說，「我們怎麼知道她會把車子完整無缺的開回來？」

所有的事情都有第一次，伊蓮娜告訴自己。一大清早，她全身發抖的下了計程車，因為現在，或許，她姊姊和姊夫有可能已經起了疑心；她飛快的拎著手提箱下了計程車，司機幫她把前座的紙箱抬下來。伊蓮娜加給他不少小費，心想著不知道姊姊和姊夫會不會跟了來，會不會兩個人已經站在大街上你一句我一句的說著：「看，果然是她，我們猜得沒錯，這個小偷，她來了。」她急急忙忙走進市立大車庫，他們的車就停在這兒，緊張的朝著街頭街尾四處張望。就在這時她撞上一個非常矮小的老婦人，把她手裡的包包裹裹全部撞飛，其中一只紙袋砸了開來，裡面的乳酪蛋糕、番茄片、乾麵包撒得一地。「真該死真該死啊你！」矮小的老婦人尖聲叫罵，一張臉幾乎貼到伊蓮娜的臉上。「這些東西是要拿回家的，找死啊你！」

「對不起。」伊蓮娜說；她彎下腰，但是碎掉的番茄片和乳酪蛋糕根本撈不起來，只好胡亂的往破紙袋裡塞。老婦人氣呼呼的傴下身子不等伊蓮娜出手就先一把抓起另外幾個包裝袋，伊蓮娜站直了，帶著一臉尷尬歉疚的笑容。「真是太對不起你了。」她說。

「真是，」老婦人說，口氣稍微緩和了一些。「我要帶回家當午餐的。這下可好了，真是——」

「我賠你好不好？」伊蓮娜握著皮包，老婦人站著不動，她在思考。

「我不能拿你的錢，就這樣，」她終於開口了。「這些東西不是買來的，明白吧。全都是廚餘。」她生氣的咬著嘴唇。「你真該看看他們丟的那些火腿，」她說，「可就有人這個樣子。還有巧克力蛋糕、洋芋沙拉。還有那些小紙盤上的糖果。我已經來晚了。這下可好……」她和伊蓮娜兩個盯著人行道上的那一堆髒亂，老婦人說：「所以啦，我不能夠拿錢，不能從你手上拿錢，不能為了這些廚餘拿你的錢。」

「要不我再另外給你買一些吃的來？我現在很趕時間，不過要是能找到哪家店開了門……」

老婦人很有心機的笑著。「還好，我還有『這個』。」她懷裡緊緊的抱著一個包裹。「你可以替我出計程車錢，」她說。「那就不會再有人撞倒我了。」

「我當然願意。」伊蓮娜邊說邊轉向計程車司機，這個司機沒把車開走，一直好奇的在看著她們。「你可不可以送這位女士回去？」她問。

「只要幾塊錢就行了。」小老太婆說，「這位先生的小費當然不包括在內。像我這麼嬌小的一個人，」她很優雅的訴說著，「怎麼會碰上這種倒楣的事，居然被人這樣給撞翻了。不過，好在碰上了像你這麼個好人願意做一些補償。有些人撞了你連看都不看一眼呢。」在伊蓮娜的攙扶下，她抱著那些包裹爬進了計程車，伊蓮娜從皮包裡取出兩塊五毛遞給老婦人，她把錢牢牢的抓在小手心裡。

「好了，寶貝兒，」計程車司機說，「要去哪裡？」

老婦人格格的笑著。「等開了車我再告訴你。」她說完話轉向伊蓮娜，「祝你好運，親愛的。以後要注意別再隨便把人撞倒啦。」

「再見，」伊蓮娜說，「真的非常抱歉。」

「沒關係啦。」小老太婆揮揮手，計程車駛離了路邊。「我會為你禱告的，親愛的。」

不錯啊，伊蓮娜望著遠去的計程車，總算還有一個人肯為我做禱告。無論如何，總算也有這麼一個人了。

4

這是第一個真正屬於夏季的豔陽天，每年此時，童年的創痛回憶就會湧上伊蓮娜的心頭，那個時候似乎一年四季都是夏天；她的父親死在一個濕冷的日子裡，在那之前她從來不記得曾經有過冬天。最近她老是在想，這麼長一段流逝的歲月裡，那些個虛擲的夏天到底是怎麼過的，到底做了些什麼；她怎麼可以把大好的光陰這樣浪費掉呢？我太蠢了，每年初夏她都會告誡自己，我真是太蠢了，現在我長大成人了，也懂得事物的價值了。任何東西都不至於白白浪費掉的——她明理的認定——即使是一個人的童年。於是每年，在某個夏天的早晨，暖熱的風吹拂著她漫步的街頭，她心中又會出現一個冰冷的念頭：我又白白送走了許多時間。然而今天早上，開著這輛她和姊姊共有的小車，即便心裡難免還掛記著他們會以為她把車子開走，就此一去不回頭，但跟隨著流動的車潮，該轉的時候轉，該停的時候停，她笑了，向著普照大街的陽光，她想著，我走出來了，我走出來了，我終於跨出一步了。

之前，每次姊姊答應讓她開小車出去的時候，她總是心驚膽顫，就怕車子撞到什麼或是擦傷了哪裡，哪怕是最輕微的一點刮痕都會惹惱姊姊，可是今天，後座上放著她的厚紙箱，車地板上擱著她的手提箱，她的手套、皮包、輕便外套都攤在旁邊的座位上，這回，這輛車子完完全全屬於她的，一個她完整擁有的小小世界；我真的走出來了，她想著。

到了最後一個號誌燈，在轉上高速公路出城之前，她停下來，趁著等燈號的時候，從皮包裡取出蒙塔格博士的信。我連地圖都不必了，她想著；他八成是個非常謹慎的人。「……39號公路直上艾希頓，」信上寫著，「然後左轉上5號公路往西。繼續走不到三十哩，就會到達希爾斯戴爾小村。穿過希爾斯戴爾，轉角靠左邊是加油站，右邊是教堂，從這裡左轉駛上一條窄窄的鄉間小路；你要開始上山了，路況很差。順著這條山路開到底——大約六哩左右——就是大山厝的大門。我把路線寫得特別仔細，因為不建議你在希爾斯戴爾停車問路。那兒的人對陌生人極不友善，只要是問起大山厝他們會當面給你難堪。

「我非常高興你願意加入我們進駐大山厝的計畫，熱誠期待在六月二十一日星期四見到你……」

燈號改變。她開上高速公路離開了市區。現在，她想，任誰都「逮」不到我了；他們連

我要走哪條路都不知道呢。

在這之前她從沒獨自開車遠行過。她覺得用里程和時數來規劃這麼可愛的旅程挺傻的；車子不偏不倚的駛在公路和路樹之間，她把這條路看成一條時間的走廊，時間走她也走，順著這條精彩絕倫的通道邁向另一個新奇的好地方。是旅程本身在帶動她，她的目的地是模糊的，無從想像的，甚至有可能是不存在的。她決心要記住沿途的每一個轉折，她愛這條路，這些樹，這些房屋，這些醜醜的小鎮，她甚至起心動念，也許就會在哪裡停留下來，從此不再離開。她真想把車子停靠在公路旁——這當然不可行，她告訴自己；真要是這麼做了，她會受處罰的——拋開這個念頭，她繼續向前開，過了樹林進入舒爽宜人的鄉下。她真想下車來四處閒晃，晃到整個累癱為止，她要追蝴蝶，溯小溪，夜色降臨的時候再找一戶樵夫的小木屋，借住一宿；她好想在東巴林頓或是戴斯蒙或是柏克的鄉村社區永遠的住下來；她好想一輩子都不要離開這條道路，就這樣一直一直的開下去，一直開到車輪全部磨平，一直開到世界的盡頭。

要不，她想，我就照原來的想法開上大山厝，我本來就該去那兒，那兒有人等著我，有房間住有飯吃，還有一些微薄的象徵性的薪水，做為我甘願捨棄城市裡現有的一切跑來這裡的酬勞。我不知道這位蒙塔格博士是怎樣一個人。我不知道大山厝是個什麼模樣。我也不知道還有哪些人會來。

現在離城市很遙遠了，她仔細的從匝道轉上39號高速公路，這是蒙塔格博士為她千挑萬選出來的魔法大道，讓她能平安的到達他面前，到達大山厝；從現在起，再沒有別的路可以帶領她前往她的目的地了。蒙塔格博士確認再三，絕不會出錯的——在39號的路標底下另外有塊牌子寫著：艾希頓，一二一哩。

路，現在成了她親密的朋友，轉過來拐過去，一會兒上一會兒下，每一個轉彎都會是一個驚奇——有一回一頭牛關心的看著她開過圍籬，有一回是一隻毫無好奇心的狗——隨便一個山窟窿裡就會有幾座小城、野地和果園。在一個村莊的大街上，她經過一棟非常大的屋子，有門柱有圍牆，窗子上遮著百葉窗簾，還有一對石獅子守著台階，她想或許就住這兒吧，每天早起為兩隻石獅子撢撢灰塵，夜晚拍拍獅子的頭跟它們道晚安。現在的時間是六月的早晨，她告訴自己，只是今天這個時間似乎是全新的，是自主的；在這短短幾秒鐘的時間裡，我好像在這棟前門有一對石獅子的大房子裡住了一輩子。每天早上，我打掃著前門廊，替石獅子撢灰，每天晚上，我拍拍它們的大腦袋道晚安，每星期一次我用溫水和蘇打粉清洗它們的大臉、鬃毛和腳爪，再拿棉簽清理它們的牙齒。屋子裡每個房間高敞又乾淨，房門和窗戶都擦得雪亮。有一位個子矮小、舉止優雅的老婦人在照顧我，她每天動作嚴謹的托著擺了整套銀器茶具的托盤，每晚給我喝一杯滋補養生的接骨木酒。我總是自己一個人吃晚餐，在那間又長又安靜的餐廳裡，坐在光可鑑人的餐桌旁，長窗之間的白牆在燭光下格外的醒目；我用餐時，窗外有鳥兒伴著，桌上有自家菜園種的蘿蔔，以及自製的莓果醬。我睡在白色的紗帳裡，走廊上一盞夜燈全夜的守護著我。鎮上的人在街上都會向我鞠躬致意，因為大家都非常尊重那一對石獅子。在我死的時候……

現在小鎮早已拋在了後面，她駛過一些骯髒的，沒在營業的餐飲站和破破爛爛的招牌。很久以前，這附近想必舉辦過摩托車越野賽；破爛的招牌上還殘存著一些不連貫的字句。有一塊上面寫著dare（大膽），另外一塊寫著devil（魔鬼），她忽然笑起來，她的聯想力真是無所不在啊；這兩個字合起來不就是「膽大包天」嗎？伊蓮娜，膽大包天的賽車手，她減慢了車速，以免開得過快，到達大山厝的時間會太早。

她在路邊一處停了下來，不敢置信地讚嘆著。這條路她大約走了四分之一，沿途綿延不斷的夾竹桃太亮麗了，整排綻放著粉色和白色的花朵。現在她來到了夾竹桃林守護的大門，穿過這道門，花樹林繼續延伸。那大門不過就是兩根殘缺的石柱子，中間一條道路通向大片的空地。路上的夾竹桃顯然被砍掉了，花樹就順勢朝著大廣場兩邊生長，她毫不費力的一眼就能看到廣場的盡頭，遠處的夾竹桃樹似乎沿著一條小河排列著。花樹林圍住的廣場裡什麼也沒有，沒有房子，沒有任何建築，只有一條道路筆直的穿過廣場到達溪邊。這裡是怎麼了，她想著，是以前有過什麼現在都沒了，還是本來準備要做什麼卻始終沒做成？是要蓋一棟房子還是花園還是果園呢？他們是被人家趕走了還是打算再回來？夾竹桃有毒，她記得——它們會不會是在這裡守護什麼東西？會不會，她想著，會不會等我下車穿過這道破門，一踏上夾竹桃的魔幻廣場，就發現自己進入了一個仙境，一個受毒物戒護著、掩人耳目的仙境？我一旦踏進那兩根魔法門柱，過了這道防護欄，會不會魔咒就此破除？我就此走入一個美妙的花園，有噴泉有涼椅，有爬滿藤架的玫瑰，我就會發現一條小徑——鋪滿紅寶石和祖母綠的珠寶小徑，柔軟溫潤，腳上只穿著涼鞋的小公主也能在上面散步——這條珠寶小徑會帶引我走向一座被魔咒鎮住的皇宮。我走上幾層矮矮的石階，走過守護的石獅子，走進一座有噴泉水池的大庭院，皇后守在院子裡啜泣，她在等待小公主的歸來。當她看見我的時候，立刻放下手邊的女紅，呼喚宮廷裡的侍從——侍從們終於從長睡中驚醒——大家趕緊準備豐盛的大餐，因為魔法解除了，皇宮又跟從前一樣了。從此我們過著幸福快樂的生活直到永遠。

不對，當然不對，她想著，再度發動車子，皇宮一旦現形，魔咒一旦破除，所有的詛咒便全部解開了，夾竹桃林外面的鄉間當然也都回復了原來的面貌，那些城鎮、標誌、牛群漸漸的消失，換成了童話故事裡的綠野仙境。於是，山坡上出現了一位披金戴銀，騎著駿馬的王子，後面跟隨著一百名弓箭手，旗幟在飄，馬兒在跑，珠寶的光芒閃耀……

她開懷的笑著，向著這一片神奇的夾竹桃林道別。改天，她默默的對著它們說，改天我一定會回來為你們解除魔咒。

連續開了一百多哩之後，她終於停下來吃午餐。她找到一家打著老磨坊廣告的鄉下餐館，在陽台上挑了一個位子坐定之後，發現陽台底下有一條活潑有勁的小溪，她看著濕滑的岩塊，潺潺的流水，餐桌上，雕花玻璃碗裡盛著鄉村起司，餐巾裡裹著玉米棒。在這一刻，在她把這片土地上的魔咒破除的這一刻，她要好好的享用這頓午餐，因為她知道，大山厝永遠會耐心等著她的。餐廳裡唯一的另一桌人，是一家子：媽媽爸爸帶著一個小男孩和一個小女孩，他們輕聲細氣的說著話，小女孩還轉過頭好奇的看了伊蓮娜一眼，微微的笑著。小溪的水光映照著天花板和明亮的桌面，也映照著小女孩的一頭捲髮，小女孩的媽媽說：「她要她的星星杯。」

伊蓮娜驚訝的抬起頭。小女孩靠在座位上，繃著臉不肯喝牛奶，她父親皺著眉，她弟弟咯咯的笑著，她母親不慌不忙的說：「她要她的星星杯。」

當然，伊蓮娜想著，我也想要啊；一杯子的小星星，當然想要啊。

「她自己的小杯子。」這位母親帶著歉意的笑容向女服務生解釋，女服務生一臉錯愕，她還以為小女孩嫌磨坊的牛奶不夠鮮濃。「杯子底下有許多小星星，她在家都用那杯子喝牛奶。她把它叫做星星杯，因為每次喝牛奶的時候她就能看見那些小星星。」女服務生不太相信的點了點頭，母親對小女兒說：「今天晚上回了家，你就可以用星星杯喝牛奶了。現在，做個聽話的乖孩子，喝一點點這個杯子裡的牛奶好不好？」

不要喝，伊蓮娜在心裡對小女孩說，要堅持用你的星星杯；一旦讓他們得逞，從此你就再也見不到你的星星杯了；千萬不要喝。小女孩看著她，微微笑著，那是會心的一笑，她對著玻璃杯堅決的搖了搖頭。勇敢的孩子，伊蓮娜想著，真是聰明勇敢的孩子。

「你把她寵壞了。」父親說。「不應該樣樣都依著她。」

「就這一次。」母親說。她放下那杯牛奶，溫柔的摸摸小女孩的手。「吃冰淇淋吧。」她說。

這家人離開的時候，小女孩向伊蓮娜揮手再見，伊蓮娜也向她揮了揮手，然後開心享受一個人喝咖啡的時光，看著活潑的溪流奔騰著。沒多遠了，伊蓮娜想，頂多只剩不到一半的路了。旅程的終點到了，她想著，而心底活躍得就跟這條小溪一樣，忽然一個旋律在她腦袋裡迴旋，隱約的浮現了兩句歌詞；「遷延蹉跎，來日無多③，」她想著，「遷延蹉跎，來日無多。」

一駛出艾希頓，她幾乎就想停下來不走了，因為，她看到了一間隱沒在花園裡的小屋。

我可以一個人住在這裡，她想著，放慢了車速，只見蜿蜒的花園小徑通向一扇小巧的藍門，一隻白貓就待在門階上，完美極了。誰也不會發現我住在這裡，在這些玫瑰花叢後面，我一定要沿路種上許多夾竹桃。在清涼的夜晚我會生起爐火，在爐子邊上烤蘋果。我要養幾隻白貓，我要親手縫製白色的窗簾，偶爾我會出門到店裡去買一些茶葉、肉桂，和線團。人們會來我這兒訴說他們的人生苦樂，我要為那些情傷的女人熬煮愛情的靈丹；我要養一隻知更鳥……但是小屋早已經拋在了後頭，現在該是她尋覓新路的時候了，循著蒙塔格博士精心繪製的那張地圖。

「左轉上5號幹道朝西走。」他信上寫著，看著他的指示感覺就像他在某個遙遠的地點遙控著她，用他的一雙手在左右著她的車子，一切聽他的；她果然上了5號幹道朝西走，她的旅程就快接近終點了。儘管他信上提醒過，她想著，我還是要在希爾斯戴爾暫停一會兒，只不過是喝一杯咖啡嘛，這麼長的旅程這麼快的結束，實在令人難以接受。這稱不上是不聽話，信上只說不宜在希爾斯戴爾隨便問路，並沒有說禁止在那裡喝咖啡，只要我不提大山厝，就不會出差錯。無論如何，她莫名的想著，這是我最後的一個機會了。

③ In delay there lies no plenty，莎士比亞名句。

轉瞬間，希爾斯戴爾已經在她眼前了，一堆髒亂無比的房子，幾條歪歪扭扭的街道。地方很小；轉上主要的大街，她看見盡頭的轉角處有個加油站和教堂。看過去只有一間可以喝咖啡的小店，店面很醜，伊蓮娜既然決定要在希爾斯戴爾小歇，她就把車停靠在小店前面破損的街沿。下了車她稍微考慮一下，默默的點了點頭，為了車上的手提箱和紙箱著想，她便鎖上車門。她朝著大街前前後後的打量著，即便陽光燦爛，街道上依舊是陰暗難看，我絕不會在希爾斯戴爾待太久，她想。一條狗不安分的躺在靠牆角的陰影裡，一個女人站在對街門口緊盯著伊蓮娜，兩個小伙子懶散的靠著圍牆，一聲不吭。伊蓮娜最怕野狗、表情古怪的女人，還有小流氓，所以她抓緊了皮包和車鑰匙，迅速走進小餐館。進了餐館，她看見櫃台後頭站了一個沒下巴、滿臉倦容的女孩，有個男的在櫃台另一頭吃東西。她閃過一個念頭，這人八成是餓昏了才會進來這裡，她看著灰暗無光的櫃台和罩在一盤甜甜圈上面的骯髒玻璃碗。「咖啡。」她對櫃台後面的女孩說，女孩有氣無力的轉身，從架子上一大堆亂七八糟的東西裡翻出一只杯子；她想，我非喝這杯咖啡不可，我要說話算話，她也很嚴肅的告訴自己，不過下次我一定會聽從蒙塔格先生說的話。

吃東西的男人和櫃台後面的女孩之間似乎在玩什麼花樣。她把伊蓮娜點的咖啡放下來的時候要笑不笑的瞄了他一眼，他聳了聳肩膀，女孩大聲的笑起來。伊蓮娜抬頭，女孩在檢查自己的手指甲，男人在用麵包刷著餐盤。說不定伊蓮娜的咖啡被下了毒；很有可能。為了一探究竟，伊蓮娜對女孩說：「我也要一個甜甜圈，謝謝。」女孩再朝男人瞄了一眼，她把一個甜甜圈滑到一只小碟子上，擺在伊蓮娜面前，她朝男人瞄第二眼的時候，又大聲的笑起來。

「這個鎮真的很小，」伊蓮娜對女孩說，「叫什麼名字？」

女孩盯著她——或許之前從來沒有人敢明目張膽的說希爾斯戴爾很小吧——停了一會兒，女孩又瞥一眼男人，彷彿是在確認什麼，她說：「希爾斯戴爾。」

「你在這兒住了很久？」伊蓮娜問。我不會提起大山厝，她在心裡向蒙塔格博士保證，我只是想消磨一點時間。

「是啊。」女孩說。

「你喜歡這裡嗎？」

「不錯啊。」女孩說。她又看了看那個男人，男人用心的聽著。「很閒，沒什麼事做。」

「這個鎮多大？」

「很小。還要續咖啡？」後面這一句是對男人說的，他拿咖啡杯喀嗒喀嗒的碰著碟子，伊蓮娜淺淺的喝下第一口咖啡，心想他怎麼可能還要續杯。

「來這裡的客人多嗎？」她問，女孩倒好咖啡，回到原來的位置。「我指的是觀光客。」

「來幹嘛？」女孩瞪著她，那眼神之空洞，是伊蓮娜從未見過的。「誰會要來這裡？」她喪氣的看了看那個男人，說：「連個電影院也沒有。」

「可是這些小山丘好漂亮。像這種偏僻的小鎮，都市人最愛，他們會在山裡蓋房子住。保護隱私啊。」

女孩哈的一笑。「不會的。」

「或者把一些老房子改裝——」

「隱私。」女孩說著又大笑。

「很意外嗎？」伊蓮娜說，她感覺男人在看著她。

「是啊。」女孩說。「像在拍電影。」

「我想，」伊蓮娜很謹慎地說。「我想四處走走看看。老房子通常都很便宜，你知道，把它們改裝一下挺好玩的。」

「這裡沒有。」女孩說。

「那，」伊蓮娜說，「附近都沒有老房子嗎？山上呢？」

「沒。」

男人站了起來，從口袋掏出零錢，第一次開口說話。「大家都『離開』這個小鎮了。」

他說。「他們『不來』了。」

店門在他身後關上了，女孩兩隻無神的眼睛轉回到伊蓮娜身上，幾乎帶著恨意，彷彿是在責怪伊蓮娜的這番閒扯把男人給趕跑了。「他說得對，」她終於開口說，「他們全跑了，那些幸運兒。」

「你為什麼不走呢？」伊蓮娜問她，女孩聳聳肩。

「去哪？有差嗎？」她問。她毫無興致的收下伊蓮娜買的單，找了零錢。然後朝櫃台另一端那幾個空盤子瞄了幾眼，臉上似乎有了笑意。「他每天來。」她說。伊蓮娜也露出笑容準備接腔，女孩已經轉身去忙架子上那堆杯子去了，伊蓮娜覺得自己也該閃人，她感恩的離開了那杯咖啡，拿起車鑰匙和皮包。「再見。」伊蓮娜說，女孩依舊背對著她，說：「祝你好運。希望你找到你要的房子。」

5

從加油站和教堂之後的路真的非常爛，凹凹凸凸，都是石頭。伊蓮娜的小車一路又顛又跳，勉勉強強的駛入了這片毫無魅力的山丘，白晝在山路兩旁濃密的樹林遮掩下快速的消退。這條路上的交通還真夠順暢，伊蓮娜一面挖苦的想著，一面猛打方向盤避開前方一大塊落石；跑六哩這樣的山路，對小車實在沒任何好處；開了這麼長的時間，她第一次想到了她的姊姊，她笑了。現在，他們當然知道她把車開走了，只是不知道她開去哪裡；他們一定面面相覷的在說伊蓮娜怎麼會這樣。連我也沒想到自己會這樣，她想著，繼續笑著；一切都不同了，我是一個全新的人，離開家遠遠的。「遷延蹉跎，來日無多……歡樂要及時④……」小車撞上了一塊石頭，她驚喘一聲，趕緊倒退，車子底盤發出要命的刮擦聲，好在它沒被打敗，繼續不屈不撓的往上攀爬。樹枝不斷擦著擋風玻璃，天色愈來愈暗；大山厝喜歡搞神祕吧，她想，我真懷疑太陽光到底有沒有辦法照射進來。終於，最後一個衝刺，小車清除了路面上一大團糾結的枯葉和小樹枝，駛入大山厝大門外的一片空地。

我為什麼要來？頓時，她徬徨無助的想著：我為什麼要來？大門很高很重很有壓迫感，結實牢靠的固定在樹叢掩蔽著的石牆裡。她從車上就能看見纏繞在柵欄上的大鎖和鐵鍊。越過大門，她只能夠看到這條持續向前延伸然後轉彎的路，路的兩旁都是濃密的樹蔭。

大門鎖得這麼緊實——鎖了一道又一道，外加鐵鍊和鐵柵——到底是誰，她狐疑的想著，到底是誰這麼迫切的想要進去呢？——她完全沒有下車的念頭，只按了按喇叭，這個響聲使得樹林和大門稍微起了一絲顫動。過了一分鐘她再按一次喇叭，這次她看見有個男人從大門那頭朝著她走過來。他就跟那把大鎖一樣，陰沉晦暗令人討厭，他還沒走到大門口就隔著鐵柵欄對她露出極不耐煩的表情。

「你要幹什麼？」他的口氣尖利刻薄。

「我要進去。請把門打開。」

「誰說的？」

「什麼——」她一時接不上話。「我應該要來的啊。」她終於說。

「為什麼？」

「約定好的。」是嗎？她忽然懷疑起來：真是這樣嗎，這樣大老遠的過來？

「誰約定的？」

她當然知道，他現在非常得意，大權在他的手上，彷彿只要一打開門鎖，他就立刻失去了這份短暫的優勢——那我的優勢是什麼？她不知道；畢竟，我還在大門外。眼前的態勢很明顯，如果她發脾氣——她很少發脾氣，因為她怕於事無補，尤其現在，那只會讓他掉頭離去，而她繼續待在門外，望柵欄興嘆。她甚至想到他因為這份傲慢受到訓斥時的可憐

④ Present mirth hath present laughter，莎士比亞名句。

相——比哭還難看的笑容，大而無神的眼睛，哀求告饒的腔調，他在為他自己辯駁，說他本來是打算讓她進來的，他是可以讓她進來的，可是他怎麼敢做主呢？他有他的責任，對吧？他必須聽命行事，對吧？如果隨便讓一個不該進去的人進去了，那麻煩可就大了，對吧？她甚至可以想像他聳肩膀的樣子——她大笑起來，她覺得這樣就足夠了。

他看著她，人往後退。「你晚點再來。」他說，然後目空一切的背轉身。

「哎，你聽我說，」她喊著，努力不讓自己發作，「我是蒙塔格博士的客人；他就在這棟屋子裡等著我——請你聽我說話啊！」

他回過身來對她咧嘴一笑。「應該沒有誰在等你，」他說：「到目前為止，來的只有你一個人。」

「你是說這屋裡一個人也沒有？」

「我認識的人目前一個也沒有。要就是我的內人，正在打掃準備。所以這裡應該不會有誰在等著你，你說是嗎？」

她靠在駕駛座上閉起眼睛。大山厝，她想，你真是難如登天啊。

「你應該知道你為什麼要來這裡吧？你還沒離開城市的時候，我想他們應該告訴過你？對這個地方你聽說了什麼？」

「我聽說我受邀來這兒作客，是蒙塔格博士的客人。你只要把大門開了我就進去。」

「我會開的；我就是來開門的。只是我要確定你知不知道屋裡究竟有什麼在等著你。你以前來過嗎？還是，你是家族裡的一員？」現在，他看著她，從鐵柵欄裡，他臉上那副不把人放在眼裡的表情等於是大鎖和鐵鍊後面的另一道柵欄。

「在確認之前我不能隨便放你進來，對吧？你說你的大名是？」

她嘆氣。「伊蓮娜．旺司。」

「那就不是家族成員了，我猜想。對這個地方你聽說過什麼嗎？」

我的機會來了，她想，這是在給我最後一次的機會。我大可以掉頭離開這兒，誰也怪不得我。任何人都有落跑的權利。她把頭伸出車窗火大的說：「我的名字叫伊蓮娜．旺司。我今天約定好了要來大山厝。你快點給我開門。」

「好啦，好啦。」他刻意的，不慌不忙的，毫無必要的亮出鑰匙，打開大鎖，鬆了鐵鍊，把大門開到剛好讓小車通過的寬度。伊蓮娜慢慢的開進去，他敏捷的往路邊一閃，這個動作令她想到他準是自以為洞悉了她的心思，她哈哈大笑，煞住了車子，因為他正朝著她走過來——很小心的，從邊上走過來。

「你不會喜歡這裡，」他說。「你會後悔我開了這扇門。」

「請你讓開，」她說。「你已經耽擱我太久了。」

「你以為他們能夠找別人來開這扇門嗎？你以為除了我和內人，還有誰會在這裡待這麼久嗎？你以為我們就只能這麼過活嗎？老是待在這兒，打理著這棟屋子，等著為你們這些自以為什麼都知道的都市人開大門嗎？」

「請你讓開，別擋著我的路。」她不敢承認她確實被他嚇到了；她害怕又被他看出來。他挨著側邊的車身，挨得這麼近這麼難看，他話中那一股強大的怨氣更令她困惑；她確實支使他為她打開了這扇大門，理當如此啊，難道他真把這棟房子和院子當成是他私有的嗎？這時，蒙塔格博士信上的一個人名突然竄了上來，她好奇的問：「你是達利，管家？」

「是的，我是達利，管家。」他一字不漏的模仿她。「不然你以為這裡還會有誰？」忠誠的老管家，她想，驕傲忠心討人厭。「就你和你太太兩個人照管著這棟大宅？」

「還會有誰？」這是誇耀，是咒詛，是壓抑。

她感到手足無措，唯恐開車的動作太明顯，她稍稍的發動一下車子，希望藉此讓他站開一些。「我相信只要有你們在，你和你太太，我們大家都會住得很舒服的。」她的語氣一轉，多了份堅定。「現在，我真的很想趕快進屋裡去。」

他冷冷的笑了笑。「至於我，」他說，「我啊，天黑之後不會留在這兒。」

他得意的咧咧嘴，退到一邊，伊蓮娜感恩不盡，雖然在他眼皮底下發動車子感覺很彆扭；說不定這一路上他還會不斷的突然冒出來，她想，真是一隻笑臉貓⑤，每次冒出來都會嚷嚷著我真應該感到慶幸，還能在天黑之前看到有人願意待在這裡。為了表現她不受管家達利那張怪臉的影響，她邊開邊吹起口哨，問題是腦子裡仍舊迴旋著同一首曲子。「歡樂要及時……」她生氣的告訴自己無論如何該想點別的，但接下來的字句頑固的封存在記憶裡，怎麼也想不起來。不過，她知道在這個時候，在她剛剛抵達大山厝的這時候，如果把它唱出來一定會讓人笑話，太不合時宜，太丟人現眼了。

在山和樹之間，她不時看得見大山厝的一些屋頂，或是一座塔樓什麼的。大山厝那個時代的房子蓋得好奇怪，她想著，房子上面加蓋了那麼多大大小小的塔樓，扶牆，鑲了那麼多花俏的木雕，甚至有時還出現哥德式的尖頂和滴水獸嘴；沒有一樣不經過雕琢的。說不定大山厝有一座高塔，或是一間密室，甚至還有一條深入山裡，供走私客通行的密道——在這些荒涼的山中走私客走私什麼呢？說不定我還會遇見一個帥得迷死人的走私頭子……

她轉上最後一小段車道，筆直的往前開，迎面對上的，就是大山厝，她不加思索的踩下煞車，停住車子，愣愣的看著。

這棟房子邪惡至極。她渾身發抖的想著，這幾個字直接天然的竄了上來：大山厝邪惡至極，變態至極；立刻離開這裡吧。

⑤ the Cheshire cat，柴郡貓，或稱笑臉貓，是《愛麗絲夢遊仙境》中一隻會露出牙齒笑的怪貓，即使身體消失，笑臉還在。

第二部

絕不會有任何一個人類的眼睛在面對這樣一棟房子的時候能夠視而不見，這個地點配上這樣的線條，除了邪惡再沒有第二種說法，它同時還合併著一種瘋狂的連結，那是一種極其惡劣的角度，看它的屋頂，幾乎是以暴衝的形式直直刺入天空，將大山厝變成一個絕望透頂的地方。更駭人的是，大山厝的面貌似乎是醒著的，有一種監看的表情，從空茫的窗戶，從屋簷的眉角——雖然，每棟房子幾乎都會有某些意外誇張、不合理的角度，然而，它們卻具有一種親和力，一種幽默感，就算一個難看的小煙囪或是一個小酒窩似的小天窗，都能讓人感到友善；但是大山厝卻像一棟狂妄自大，隨時保持警戒的房子，就只有邪惡兩個字可形容。這棟大宅，好像是天生自然的，藉由造屋者的手建構出屬於它自己的強烈模式，組合成屬於它自己的線條和角度，就這樣昂首向天，完全不向人類做半點妥協。這是一棟毫無親切感的屋子，一棟根本不想要讓人住進來的屋子，這個地方不適合任何人，沒有愛，沒有希望。就算驅魔大法也改變不了這棟屋子的長相；大山厝會一直這樣保持下去，到被毀滅為止。

我在大門口就應該回頭，伊蓮娜想。這屋子令她沒來由的反胃，她沿著屋頂的線條望過去，無以名狀的邪惡，無論這裡住著什麼都一樣；她緊張到兩手冰冷，抖著手摸索，試著抽出一支菸，她害怕到了極點，她聽見內心有個毛骨悚然的聲音在耳語，**離開這裡，快離開**。

這是我大老遠跑來的目的啊，她告訴自己，我不能就這樣回去。再說，如果我現在奪門而逃，一定會被他笑死。

她用力不抬頭看這棟房子，甚至它的顏色、格式、大小她統統不知道，只知道它巨大黑暗，居高臨下的看著她——她再次發動車子，車道盡頭就是台階，台階之上毫無遮攔，也無處可躲的就是直通正門的陽台。分岔的車道環繞著整棟房子，也許稍後她可以去找一間停放車子的小屋；這一刻，她對於自己沒有交代清楚就離開家的做法感到不安了。她稍微把車子往邊上移一些，以免擋住後來的人——太慘了吧，她認真的想著，毫無心理準備的把車停在這棟房子前面，這第一眼的感覺誰受得了——她下車，拎著手提箱和大衣。好吧，她無可奈何的想著，反正我來了。

憑著意志力她抬起腳踩上了第一層台階，同時，她首度想到了自己不願意接觸大山厝的原因，是來自於內心清楚又強烈的一種感受，她「感受」到它正在等候著她，邪惡，卻極有耐心。漂泊止於情人的相遇⑥，她終於記起了這首歌，她開懷的笑了，站在大山厝的台階

⑥ Journeys end in lovers meeting，莎士比亞的詩句。

上，漂泊止於情人的相遇，她堅定的一步步走上陽台和前門。大山厝四面八方的向她圍上來；她整個被陰暗籠罩了，她踩在陽台地板上的腳步聲在過度的寂靜中成了一種暴力，彷彿已經太久太久沒有哪一雙腳踐踏過大山厝的這塊地板了。她把手搭在有著小孩子臉孔的鐵門環上，決定一不做二不休，她要製造出更多、更吵的聲音，她要讓大山厝清楚的知道她來了——但是，門毫無預警的開了，她面對著一個女人，只要看她那副德性，就能肯定是大門口那個男人的妻子。

「達利太太？」她屏住呼吸。「我是伊蓮娜．旺司。約定好了來這裡的。」

女人無聲的站到一旁。她的圍裙很乾淨，她的頭髮很整齊，但是渾身散發著一種難以形容的穢氣，跟她先生不謀而合，再加上她臉上那副不懷好意的猜疑，跟他充滿敵意的那副嘴臉更是絕配。不，伊蓮娜告訴自己，一部分是因為這裡所有的一切都太陰暗，一部分是因為我預先設定了那個人的太太長相醜陋。如果沒看到大山厝，我對這兩個人的看法會不會像現在這樣不公平呢？畢竟，他們只是看管房子的人。

她們站在前廳，四下都是暗沉的黑木和厚重的雕刻，遠處有一道厚實的樓梯，樓梯底下一片昏暗。樓梯上方似乎是另外一條走廊，寬度幾乎跟屋子的寬度相當；她看見有一塊很寬闊的平台，穿過樓梯井，走廊上幾扇房門都關閉著。她現在站的位置兩邊全是高大的雙開門，門上雕著水果穀類和各種生靈；她發現這棟房子裡所有的門都是關著的。

她想說話，可是聲音似乎被周遭靜滯的昏暗淹沒了。她不得不使勁再試一次。「可不可以帶我去我的房間？」她終於出聲了，她邊問邊朝著擱在地上的手提箱指著，她眼看著她的手不由自主的往下探，一直探到蒙蔽在暗影裡，一塵不染的地板上，「我想我大概是第一個到的。你——你說你就是達利太太，是嗎？」我就要哭了，她想著，我就要像個孩子一樣的痛哭流涕了，我不喜歡這裡……

達利太太轉身開始上樓，伊蓮娜拎著手提箱跟在後面，緊跟著這屋子裡僅有的另外一個「活人」。真的，她想著，我不喜歡這裡。達利太太走到了樓梯頂端向右轉，伊蓮娜發現當初蓋這棟房子的人也許看出了某些端倪，而放棄了原來的設計格式——很可能他們看出這棟宅子會照自己的意思成形，根本不管他們做的選擇是什麼——第二層樓上，安置了一條筆直的長廊，長廊上一扇扇排列著的全都是臥室的房門；看著這些簡單的臥房樣式，她直覺的一個反應，當初蓋房子的人是在非常倉促的情況下建造了第二和第三層樓，他們只想趕快竣工，顧不得做任何修飾就匆忙的離去。走廊左邊盡頭是第二道樓梯，可能是從三樓的僕人房下來，經過二樓再到底下的工作間；走廊右邊盡頭，大概因為是在盡頭，日照和光線就顯得格外的充足。走廊上有一些暗沉無光的木工，還有一連串看起來像是雕壞的版畫，難看又隨便的排列在走廊的兩邊，沒有任何東西破壞掉走廊的直，除了那一扇扇的房門，全部關著。

達利太太穿過走廊打開一扇門，或許只是隨意選的。「這是藍室。」她說。

就樓梯轉彎的角度判斷，伊蓮娜認為這間房應該是在大宅的前方。有救了，有救了，她邊想邊感恩的走向亮著燈光的房間。「真好。」她站在門口，感覺上她好像應該要說兩句話才對——事實上它一點也不好，頂多勉強可以忍受；房間秉持著大山厝一貫強烈的不協調。

達利太太轉開一旁讓伊蓮娜進來，她說話了，明顯的是對著牆壁在說。「六點整我把晚餐擺在餐廳的餐具櫃上。」她說。「你自己用餐。早上我會來收拾。九點鐘我會把早餐準備好。我該做的就是這些。我沒辦法把每個房間整治得盡如你的意，這裡找不到其他的幫手。我不伺候人的。我做我該做的，並不包括伺候人在內。」

伊蓮娜點著頭，不知所措的站在房門口。

「做完晚餐我就不待在這兒了，」達利太太繼續說著。「不等天黑。我在天黑之前就離開。」

「知道了。」伊蓮娜說。

「我們住在鎮上，離這兒有六哩路。」

「是的。」伊蓮娜想起了希爾斯戴爾。

「所以你要是需要幫忙，這附近一個人也沒有。」

「我了解。」

「甚至我們根本聽不見你的聲音，在晚上。」

「我大概不會——」

「誰也聽不見你。這兒住得最近的就在鎮上。再沒有誰會住得更近了。」

「知道了。」伊蓮娜疲累的說。

「在晚上，」達利太太毫不吝嗇的露出笑容。「在黑暗中。」她說，順手帶上了房門。

伊蓮娜幾乎忍不住的想笑，她想像著自己在大聲叫喊：「達利太太啊，在黑暗中我需要你幫忙啊。」忽然，她打了一個冷顫。

2

她一個人站在手提箱旁邊，大衣仍舊掛在手臂上，真是悲慘到了一個極點，她情不自禁的對自己說，**漂泊止於情人的相遇**，真希望現在就回家。所有她經過的都留在身後了，那黑暗的樓梯，光滑的走廊，巨大的前門，達利太太和在大門口掛鎖邊看笑話的達利，還有希爾斯戴爾，還有花團錦簇的小屋，小餐館裡的一家人，夾竹桃的庭園，門前有一對石獅的屋子，就是這一切，就在蒙塔格博士精準的算計之下，把她引入了大山厝的藍室。太可怕了，她想著，她不想動，一動似乎就有接受的意思，就表示要住下來了，太可怕了，我不要留下來；可是又沒有其他地方可去；蒙塔格博士的信上指引她到此為止，也沒辦法再往遠處走了。過了一會兒，她嘆口氣搖了搖頭，走到床前把手提箱放到床上。

我來了，我在大山厝的藍室裡，她小聲的說，一點不假，這裡的確是一間名副其實的藍室。兩扇窗子都掛著藍色浮花窗簾，窗外看得見陽台的屋頂，地板上鋪著一塊藍色織花小地毯，床上鋪著藍色的床單，床尾有藍色的拼花被。四面的牆壁上，在及肩的暗色壁板上方貼著藍色的花壁紙，密密層層的藍色小花十分精緻。或許當時有人希望藉著細緻優美的壁紙為藍室增添一些輕快的氛圍，卻沒料到這樣的希望在大山厝裡是會「落空」的，頂多只留下些許模糊的存在，就像遠方傳來的那一丁點幾乎聽不見的啜泣聲……伊蓮娜抖抖身子，轉身再對這個房間做一番完整的觀察。整個房間在設計上犯了一個難以想像的錯誤，每個方位的尺寸大小都很不對勁，以至於幾面牆壁望過去總有一邊過長，長到超出了視線可以容忍的範圍，而另一邊又幾乎短到離譜；這就是他們安排我睡覺的地方，伊蓮娜不敢相信的想著；噩夢正在等著我，在那些天花板上陰暗的角落裡——恐懼就在呼吸之間悄然拂過我的嘴……她又抖了一下。真的，她告訴自己，是真的，伊蓮娜。

她把擱在高床上的手提箱打開，把腳上硬邦邦的都市鞋脫掉，輕鬆多了，她開始取出行李，在她純女性的意識裡，她相信紓解壓力最好的辦法就是換上一雙舒服的鞋子。昨天，在城裡收拾打包的時候，她特別挑選了一些自認為適合在偏僻的鄉下地方穿戴的衣物；甚至在最後一分鐘——她太佩服自己了——她還跑出去買了兩條休閒褲，她已經不知道有多少年沒穿過這種褲子了。母親一定會氣到發瘋，當時她想著，她把這兩條褲子壓在箱底，萬一到時候沒有勇氣穿上身，她就不必拿出來，也不會有誰知道她有這兩條褲子。現在，在大山厝裡，它們看起來已經不是那麼刺眼的新了。她無所謂的拆開行李，把衣服隨便的掛上了衣架，把休閒褲往大理石面的化妝櫃最底層的抽屜一塞，把時髦的都市鞋扔到大衣櫥的角落。對於帶來的那些書，她覺得很無聊。我可能根本就不打算在這裡久留，她闔上出空的手提箱放在衣櫥角落，想著，要不了五分鐘我就可以重新打包了。她忽然發現在放下手提箱的時候，自己刻意的輕手輕腳，她也發現原來在拆行李的時候，她腳上只穿了襪子沒穿鞋，她的每個動作都盡量做到不出聲，彷彿在這座大山厝裡安靜是至關重要的大事；她記得達利太太走路的時候也是無聲無息的。她靜靜的站在房中央，大山厝充滿壓迫感的寂靜又從四面八方的圍住了她。我就像一隻被大怪物吞噬的小不點，她想著，我內心最細微的小動作大怪物都有感覺。「不。」她大聲的說，這一個字立刻有了回聲。她迅速橫過房間撩起藍色浮花窗簾，透過厚厚的窗玻璃，陽光變得白慘慘的，她只能看見陽台的屋頂和陽台外面的一小片草坪。她的小車應該就停在不遠的地方，它可以把她載走，離開這兒。漂泊止於情人的相遇，她想著，來這兒是我自己做的抉擇。這時她才發覺她現在連一步都不敢走了。

她背靠著窗子望著房間，從房門到衣櫥到梳妝櫃到床，她告訴自己不怕，一點都不怕，就在這時她聽見樓下，遠遠的，有碰車門的聲音，接著是很快的腳步聲，幾乎像在跳舞，一路跳上台階，穿過陽台，緊跟著，門上的大鐵環發出一聲巨響。啊，她想，又有人來了；我不是一個人在這裡了。她幾乎開心大笑，衝出房間，奔到走廊，盯著樓梯底下的門廳張望。

「謝天謝地你來了，」她就著昏暗的光線說，「謝天謝地有人來了。」現在她對達利太太當然視若無睹，雖然達利太太白著一張臉直挺挺的站在門廳裡。

「快上來，」伊蓮娜說，「行李箱要自己提。」她上氣不接下氣的說個不停，平常的矜持在這一刻全部鬆懈。「我叫伊蓮娜．旺司，」她說，「好高興你來了。」

「我叫狄歐朵拉。就一個單名狄歐朵拉。這棟『爛』房子——」

「樓上也一樣糟。快上來吧，叫她就讓你住我隔壁房。」

狄歐朵拉跟隨達利太太走上厚實的樓梯，驚奇不已的看著樓梯間的彩色玻璃窗，壁龕裡的大理石甕，織花地毯。她的手提箱比伊蓮娜的大得多，也華麗多了，伊蓮娜走上前來幫忙，一面慶幸著好在她已經把自己的東西都收納好了。「你先去瞧瞧那些臥室再說吧。」伊蓮娜說。「我那間以前很可能是停屍房，我猜。」

「這是我夢寐以求的家。」狄歐朵拉說。「一個隱密的，可以讓我胡思亂想的地方。尤其是我在想謀殺或是自殺或是——」

「綠室。」達利太太冷冷的說。伊蓮娜一驚，她這樣口沒遮攔的批評這棟房子，或多或少肯定惹惱了達利太太；也許她認為這房子聽得見我們說話吧，伊蓮娜想，想到這她忽然難過起來。或許她不自覺的抖了一下，因為狄歐朵拉立刻對她輕輕一笑，溫柔的，安慰式的拍拍她的肩膀；她好撫媚，伊蓮娜也對她一笑，心想著，她跟這個陰氣沉沉的地方根本不搭調，不過，話說回來，我好像也不適合這裡，我不適合大山厝，可我也想不出到底會有誰適合這裡。看著狄歐朵拉站在綠室門口的那副表情，她樂得大笑。

「天哪，」狄歐朵拉拿眼角瞟著伊蓮娜。「太迷人了吧。標準的閨房。」

「六點整我把晚餐擺在餐廳的餐具櫃上。」達利太太說。「一切自便。我明天早上會來收拾，九點我會把早餐準備好。我該做的就是這些。」

「你一副受驚嚇的樣子。」狄歐朵拉看著伊蓮娜說。

「我沒辦法把每個房間打理得盡如你的意，這裡找不到其他的幫手。我不伺候人的。我做我該做的，並不包括伺候人在內。」

「剛才我想到這裡就剩我一個人。」伊蓮娜說。

「六點以後我就不留在這裡。不等天黑我就走了。」

「現在有我，」狄歐朵拉說，「沒關係了。」

「我們有相通的浴室。」伊蓮娜突兀的說。「房間的長相完全一樣。」

狄歐朵拉的房間裡掛著綠色浮花窗簾，壁紙綴著綠色的花環，床單和拼花被都是綠色的，大理石面的梳妝櫃和大衣櫥也相同。「我這輩子從來沒看過這麼難看的地方。」伊蓮娜特別提高了聲音說。

「很像五星級飯店，」狄歐朵拉說，「或者很高級的女生營地。」

「天黑前我就會離開。」達利太太繼續說。

「晚上就算你喊破喉嚨也沒人聽得見。」伊蓮娜接口說。她發覺自己緊扣著門把不放，狄歐朵拉帶著逗趣的眼神在看她，她鬆開手指，穩穩的走了進去。「我們得想辦法把這些窗子打開。」她說。

「所以就算你們需要求助也找不到任何人。」達利太太說。「我們聽不見的，就算在夜裡。任何人都聽不見的。」

「好些了嗎？」狄歐朵拉問她，伊蓮娜點點頭。

「住得最近的人都在小鎮上。再沒有誰住得更近了。」

「你可能是餓了。」狄歐朵拉說。「我也餓壞了。」她把手提箱擱在床上，脫了鞋子。「沒別的，」她說，「我就是不能餓肚子；一餓我就會亂吼亂叫痛哭流涕。」她從手提箱裡抽出一條寬鬆的休閒褲。

「在夜裡，」達利太太微笑著又說：「在黑暗中。」她隨手帶上了房門。

過了一會，伊蓮娜說：「她走路完全沒有聲音。」

「很有意思的老太太。」狄歐朵拉轉身觀察她的房間。「我收回剛才說的，五星級飯店。」她說。「它有點像我以前住過的寄宿學校。」

「來看看我的房間。」伊蓮娜說。她打開浴室的門帶頭進入她的藍室。「我已經把行李都拆開了，你來的時候我正想再重新打包呢。」

「可憐的孩子。你絕對是肚子餓了。剛才我在外頭看著這個地方，只想著要是站在那兒看著它整個燒掉那該多好玩。也許在我們離開之前……」

「太可怕了，一個人待在這兒。」

「你應該去看看我那間寄宿學校在放寒暑假時候的樣子。」狄歐朵拉走回自己的房間，現在兩間房都有了動靜和聲響，伊蓮娜覺得開心多了。她把衣櫥裡的衣服仔細掛整齊，再把帶來的書均勻的排在床頭櫃上。「你知道，」狄歐朵拉在另一間房大聲說：「這有點像第一天到學校；每樣東西都又醜又怪，沒一個認識的人，心裡還一直擔心人家會嘲笑你穿的衣服。」

伊蓮娜拉開梳妝櫃的抽屜，拿出一條休閒褲，忽然停下來哈哈大笑，把休閒褲往床上一扔。

「我沒聽錯吧，」狄歐朵拉繼續說著，「要是晚上我們尖聲喊叫，達利太太也不會過來？」

「她說那不是她分內的事。你剛才在大門口有沒有遇到那位和藹的老管家？」

「我們聊得可好呢。他說我不可以進來，我說可以，然後我試著開車撞他，可惜他跳開了。嗨，你覺得我們非要這樣待在房間裡乾等嗎？我想換上一件舒服的衣服——除非我們得盛裝出席晚宴，你覺得如何？」

「你不在乎我就不在乎。」

「你不在乎我就不在乎。反正，他們也打不過我們兩個，我們出去探險吧；我非常想把我頭上這個屋頂給掀掉。」

「在山裡天黑得特別早，再加上那些樹林……」伊蓮娜又走到窗口，窗外陽光依舊斜斜的照在草坪上。

「離真正天黑差不多還有一個鐘頭。我要到外面的草地上去打滾。」

伊蓮娜挑了件紅毛衣，心想著這件紅毛衣和這雙紅色涼鞋，昨天在都市裡買下來的時候感覺非常契合，但是，在這棟大宅，在這個房間，配上這兩個紅色簡直要打架了。能怪誰，她想著，自己想穿這種東西嘛，過去從來沒穿過。不過穿上它看起來出奇的好，她照著櫥門上的穿衣鏡，而且舒服。「你想還有誰會來？」她問，「什麼時候會來？」

「蒙塔格博士，」狄歐朵拉說，「我還以為他會比大家早到呢。」

「你認識蒙塔格博士很久了嗎？」

「從沒見過，」狄歐朵拉說，「你呢？」

「從沒。你準備好了嗎？」

「都好了。」狄歐朵拉經由浴室的門進入伊蓮娜的房間——她真可愛，伊蓮娜轉頭看她，心想著，真希望我也能這麼可愛。狄歐朵拉穿著鮮黃色的襯衫，伊蓮娜笑說：「房間都亮起來了，你帶進來的光比窗子多太多了。」

狄歐朵拉走過來得意的照著伊蓮娜的鏡子。「我覺得，」她說，「在這種死氣沉沉的地方，我們有責任要讓自己愈亮愈好。我欣賞你的紅毛衣；我們兩個在這棟大山厝裡肯定從頭到尾都是最顯眼的。」她繼續照著鏡子，「我猜蒙塔格博士寫信給你了？」

「是的。」伊蓮娜不好意思的說。「起初，我不知道這是不是在開玩笑。不過我姊夫調查過他了。」

「你知道吧，」狄歐朵拉慢條斯理的說，「直到最後一分鐘——到我到達大門口——我都還不相信真會有這麼一棟大山厝。誰會料到真有這種事情。」

「可是還是有人會信的。」伊蓮娜說。

狄歐朵拉笑哈哈的在鏡子前一個轉身抓住伊蓮娜的手。「森林裡的小朋友，」她說，「咱們去探險吧。」

「我們不可以走得離屋子太遠——」

「我保證只要你說停就停，絕對不超出一步。你看我們要不要找達利太太一起去？」

「我們每一個動靜她大概都在看；說不定這也是她職責裡的一部分吧。」

「她答應誰給她的職責，我很好奇？吸血鬼德古拉嗎？」

「你認為『他』住在大山厝裡？」

「我認為所有的週末他都是在這兒過的；我發誓，剛才在樓下的的木製品裡我看見好多蝙蝠。跟前跟後的飛著。」

她們劈哩啪啦的跑下樓，用生命和色彩對抗周遭陰暗的木雕和朦朧的燈光，達利太太站在樓下一言不發的看著她們。

「我們要去探險，達利太太，」狄歐朵拉輕快地說。「我們要到外面去。」

「我們很快就會回來的。」伊蓮娜補上一句。

「六點鐘我把晚餐擺在餐具櫃上。」達利太太說。

伊蓮娜用力一拉，拉開了巨大的前門；這門真是貨真價實的重，她想，到時候我們要進來可就難了。「讓它開著吧。」她偏過頭去對狄歐朵拉說。「這門實在太重了。拿一只大花瓶過來把它撐著。」

狄歐朵拉又轉又推的，把門廳角落的一只石頭大花瓶推過來頂住大門。漸漸西下的落日襯著暗黑的大宅顯得特別燦爛，空氣清新芬芳。在她們後面，達利太太又把花瓶歸了原位，厚重的大門砰的關了起來。

「這老東西未免太可愛了吧。」狄歐朵拉對著緊閉的門說。這一刻她真的生氣了，臉色鐵青啊，伊蓮娜想著，希望她千萬別用這副樣子對付我——這個想法令伊蓮娜感到吃驚，她想起自己對於陌生人向來很靦腆，被動又膽小，可是現在不到半小時，她居然把狄歐朵拉當成了親密的知己，一個連生氣都會影響到她的人。「我想，」伊蓮娜吞吞吐吐的說，然後，她鬆了一口氣，因為狄歐朵拉聽見她說話，轉身又綻開了笑臉，「我想在白天的時候，在達利太太待在這兒的時候，我會跑出來找樂子，跑得遠遠的。去網球場打滾，或者去花房裡看葡萄。」

「或者你可以去幫達利看門。」

「或者去草叢裡找無名氏的墳。」

她們傍著陽台站著；從這個位置可以看到轉入樹林間的車道，順著起伏的山丘望過去，遠方那條細線應該就是公路了，是她們回都市的路，也是她們來時的路。有一些電線從樹林裡一路延伸到房子那邊，除此之外，再沒有任何跡象顯示有這樣一棟大山厝的存在。伊蓮娜轉身，循著陽台往前走；原來它像遊廊似的環繞著整棟房子。「啊，你看。」她在轉角說。

屋子後面一重又一重的山丘，堆疊到令人有透不過氣的感覺，滿山都是夏日的綠意，蓊鬱，安靜。「怪不得他們叫它大山厝。」伊蓮娜自以為是的說著。

「全部都是維多利亞式。」狄歐朵拉說。「維多利亞的有點走火入魔了，把自己整個埋在層層疊疊的天鵝絨、流蘇、紫色絨毛堆裡。不管之前和以後，我看這棟屋子最適合矗在山頂上，縮在這裡太可惜了。」

「如果把它蓋在山頂上，那大家就會看見了。我贊成它藏在現在的位置。」

「這裡就是讓我渾身不對勁。」狄歐朵拉說，「老是覺得不知道哪座山會忽然壓到我們身上來。」

「它不會壓到你身上。它只會靜靜的，沒聲沒息的往下滑，趁你想逃的時候整個把你掩埋。」

「謝啦。」狄歐朵拉小聲的說。「達利太太起個頭，你收個尾，真是發揮得淋漓盡致啊。我看我馬上收拾行李回家算了。」

伊蓮娜以為她是認真的，轉身看著她，才發現她臉上有促狹的表情，她真的比我勇敢太多了，伊蓮娜想。出乎意料的——到後來這個動作便成了一個熟稔的識別記號，一個在伊蓮娜心裡認定的，專屬「狄歐朵拉」的正字標記——狄歐朵拉看透了她的心思，而且回答了她。「別一天到晚那麼害怕，」她伸出一根手指碰了碰伊蓮娜的臉頰。「我們永遠不知道自己的勇氣會有多大。」忽然，她飛快的奔下台階，跑到大樹中間的草地上。「快，」她回頭叫喊著，「我想去看看這裡有沒有小河。」

「我們不能走太遠。」伊蓮娜跟著跑了過去。就像兩個孩子般，她們跑過草地，歡快的迎向開闊明朗的空間，她們在大山厝裡只待了一點點的時間，但是在接觸過那些堅硬的地板之後，她們的腳感恩的踩著青草地；帶著幾近動物的本能，她們聽到也聞到了水流的氣息。

「在這邊，」狄歐朵拉說，「有條小路。」

小路引誘著她們一步步的接近水流聲，在樹林裡左彎右拐，偶爾還隱約看得見山下的車道，小路帶著她們穿過一片遍布石塊的草地，已經看不見那棟房子了，而且全是下坡路。遠離了房子，走出了樹林，再見到陽光的時候，伊蓮娜感到自在許多，儘管她看見西下的太陽已經逐漸的挨近了山頭。她呼喚狄歐朵拉，狄歐朵拉只喊著「跟我來，跟我來」，便繼續往前跑。突然間她停下來，踉蹌的喘著大氣，她就停在小河的邊緣，毫無預警的，一條小河就在她面前蹦了出來；落後的伊蓮娜趕上了，抓住她的手，往後拽，然後，兩個人大笑著一起倒在傾斜到接近陡直的河畔。

「這裡的東西都喜歡嚇人。」狄歐朵拉喘息著說。

「誰叫你跑得這麼快，」伊蓮娜說，「要是直接衝下去了才叫活該。」

「好美，對吧？」湍急的河水泛著小小的漣漪；對岸的青草一直延伸到河水邊，黃的藍的小花迎風招展；那裡還有一座圓圓軟軟的小丘，或許過了這座小丘還有更多的青草地，遠方，層層的山巒仍舊攬著太陽光。「好美。」狄歐朵拉肯定的下了結語。

「我確定我以前來過這裡。」伊蓮娜說。「在童話故事裡吧，大概。」

「一定是。你會打水漂嗎？」

「這裡就是公主遇見由王子變身魔法金魚的地方——」

「他可吃不到太多的水，你的那條金魚；這裡了不起三呎深。」

「有踏腳石可以過河耶，還有小魚在游，很小很小的那種——是米諾嗎？」

「是王子變的，統統都是。」狄歐朵拉躺在滿是陽光的河畔，舒服的伸懶腰打哈欠。

「是蝌蚪吧？」她猜著說。

「是米諾。現在哪會有蝌蚪，蠢，不過我相信一定可以找到青蛙蛋。以前我常常把米諾魚抓在手裡再把牠們放走。」

「你還真是一個標準的農夫太太呢。」

「這裡是野餐的好地方，在小河邊午餐吃白煮蛋。」

狄歐朵拉哈哈大笑。「雞肉沙拉和巧克力蛋糕。」

「保溫瓶裝的檸檬水。撒上鹽。」

狄歐朵拉毫無顧忌的翻個身。「他們都錯看螞蟻了，你知道吧。根本不會有螞蟻。母牛，還差不多，但是我真的從來沒有在野餐的時候看過半隻螞蟻。」

「田裡不都是公牛嗎？不是有人說過，『那塊田過不去；那裡有公牛』？」

狄歐朵拉睜開一隻眼。「你以前是不是有個專門搞笑的叔叔？只要他一開口，大家就會哈哈大笑？他是不是常常告訴你說不用怕公牛——如果公牛在後面追你，你只要拽住牠的鼻環，一把將牠從你頭上甩過去？」

伊蓮娜扔了一顆小石頭進河裡，看著它沉入清澈的河底。「你有很多叔叔？」

「成千上萬。你呢？」

過了一會兒伊蓮娜說：「有啊。大個子的，小個子的，胖的瘦的——」

「你有沒有一位艾德娜姑媽？」

「是莫瑞兒姑媽。」

「瘦瘦的？戴著無框眼鏡？」

「還有一枚石榴紅的胸針。」伊蓮娜說。

「參加家庭聚會的時候她是不是老愛穿暗紅色的洋裝？」

「蕾絲的袖口——」

「我看我們兩個絕對有親戚關係。」狄歐朵拉說。「你以前戴牙套嗎？」

「沒有。有雀斑。」

「我上的那所私立學校要我學屈膝禮。」

「我一到冬天就感冒。我媽媽要我穿上羊毛長襪。」

「我媽媽要我哥哥帶我去跳舞，我像瘋子似的一直行屈膝禮。我哥哥到現在還是討厭我。」

「我在畢業典禮的時候摔倒了。」

「我在演輕歌劇的時候忘詞了。」

「以前我常常寫詩。」

「沒錯，」狄歐朵拉說：「我們肯定是表姊妹。」

她坐起來，笑個不停，伊蓮娜說，「安靜！那邊有東西在動。」兩個人僵住，肩膀挨著肩膀，瞪著眼，看著小河對過的山坡，那裡的草堆在晃動，有一樣看不見的東西在綠油油的山丘上慢慢的挪動，令陽光和小溪都起了寒意。「是什麼東西？」伊蓮娜憋著氣說，狄歐朵拉伸出強勁有力的手按住她的手腕。

「走掉了。」狄歐朵拉開朗的說，陽光復出了，回暖了。「是一隻兔子。」狄歐朵拉說。

「我沒看見。」伊蓮娜說。

「就在你說話的時候我看見的。」狄歐朵拉口氣篤定。「是一隻兔子；牠過了山頭，不見蹤影了。」

「我們出來太久了，」伊蓮娜抬頭憂心地看著已經碰到山頂的落日。她迅速的站起來，才發現跪在濕濕的草地上太久，兩條腿僵硬了。

「想想看，像我們這樣的兩個野餐老手，」狄歐朵拉說，「居然會害怕一隻兔子。」

伊蓮娜彎下腰，支著手，把自己硬撐起來。「我們真得趕快回去了。」她說。為了表示她的焦慮有理，又再補上一句，「說不定現在其他人都到了。」

「改天我們一定要再來這裡野餐。」狄歐朵拉小心翼翼的踏上小徑，現在全部是穩當的上坡路。「真的，我們一定要在小河邊上辦一次復古式的野餐會。」

「我們可以請達利太太準備一些水煮蛋。」伊蓮娜在小徑上停下腳步，沒有回頭。「狄歐朵拉，」她說，「我想我做不到，你知道的。我真的做不到。」

「伊蓮娜。」狄歐朵拉伸出胳臂攬著她的肩膀。「你現在會讓人家拆散我們兩個嗎？在知道我們是表姊妹之後？」

第三部

1

太陽溜溜的落到了山丘背後，近乎渴切的滑向柔軟無盡的廣袤。當伊蓮娜和狄歐朵拉由小徑走向屋子一側的陽台時，草坪上已現出長長的陰影，大山厝瘋狂的面貌也漸漸的沒入了拉長的黑暗之中。

「有人在等著了。」伊蓮娜說著加快腳步，於是她初次見到了路克。漂泊止於情人的相遇，她心裡想著，一時間也想不出該說什麼。「你是不是在找我們？」

他站在陽台的欄杆邊，俯看著暮色中的她們，深深一鞠躬。「『倘若這些是死去的，』」他說：「『那我死又何妨。』女士們，如果兩位是住在這棟山厝裡的幽魂，那我願意永世住在這裡。」

他真不是普通的可笑，伊蓮娜毫不留情的想著。狄歐朵拉說：「抱歉，我們並不是特地前來迎接你；我們是探險回來。」

「託兩位的福，迎接我們的是一個臭臉老太婆。」他說。「『哈囉你好，』她對我說，

『希望明天早上我回來的時候看見你還活著，晚餐就在餐具櫃上。』說完這些話，她就坐上一台新穎的敞篷車跟著一號兇手和二號兇手離開了。」

「達利太太，」狄歐朵拉說。「凶手一號絕對是守門的達利；另外那個我猜就是吸血鬼德古拉了。好一個全家福。」

「既然我們都在演員表上，」他說，「我的名字叫做路克．山德森。」

伊蓮娜驚訝的脫口而出。「那你就是這個家族裡的人？這棟大山厝的屋主？你並不是蒙塔格博士邀來的客人？」

「我是這個家族裡的人；有朝一日，這堆宏偉壯觀的東西都將歸我所有；不過，在那以前，我還是以蒙塔格博士的貴賓身分來的。」

狄歐朵拉格格的笑著。「『我們』是，」她說，「伊蓮娜和狄歐朵拉，兩個計畫在小河邊上野餐的小女生，結果被一隻兔子嚇得跑回來了。」

「兔子的確可怕。」路克彬彬有禮的附議。「我可以參加嗎？如果我來提野餐籃子？」

「你可以帶著你的烏克麗麗，我們吃雞肉三明治的時候你來彈奏。蒙塔格博士來了嗎？」

「他在裡面，」路克說，「正在欣喜若狂的欣賞他的鬼屋。」

他們沉默了，彼此都有想要緊緊靠在一起的念頭，過了一會狄歐朵拉才勉強的說：「好像不太好玩了，是吧，天開始黑了？」

「女士們，歡迎歡迎。」巨大的前門打開了。「請進，我是蒙塔格博士。」

2

四個人，頭一次，一起站在大山厝寬闊黑暗的門廳裡。房子不動如山的包圍著他們，沉睡的山丘保持高度警覺的在頭頂上監視著他們，各種細碎的聲音和動作，不停的在四周翻攪，等待，耳語，而這一切的聚焦似乎就是針對他們站著的這一小塊空間，分開站著的四個人，互相依賴的對看著。

「我非常高興大家平安抵達，而且準時。」蒙塔格博士說。「歡迎各位，歡迎來到大山厝——只是，你的情緒或許還需要做一些調整，對吧，孩子？無論如何，歡迎，歡迎。路克，孩子，你會調馬丁尼嗎？」

3

蒙塔格博士舉起杯子，啜一口，舒暢的吁口氣。「好。」他說。「很好，孩子。祝我們在大山厝一切順利成功。」

「這種事情，怎麼能祝它順利成功？」路克好奇的問。

博士大笑。「那就換個說法，」他說，「我希望我們大家有一次愉快的參訪，希望我的書讓我的同事們全部跌破眼鏡。我不能把這次的參訪稱作度假，雖然對某些人來說或許是，因為我抱的希望是工作——當然，這個工作主要是看進行的狀況，對吧？筆記，」說到這裡他放輕鬆了，彷彿終於在濃霧當中看到了一樣清楚又實在的東西，「筆記。我們大家都要做筆記——對某些人來說，這是一件天大的難事。」

「只要別在心靈和幽靈這些字眼上猛做文字遊戲。」狄歐朵拉說，她向路克舉起杯子要他添酒。

「幽靈？」博士盯著她。「幽靈？對，說得對。當然，我們誰也不會……」他皺起眉頭，遲疑著，「當然不會。」他說著一連灌了三口雞尾酒。

「所有的一切都好奇怪。」伊蓮娜說。「我的意思是，今天早上我還在想大山厝會是個什麼模樣，真不敢相信它是真的，現在我們都在這裡了。」

他們坐在小房間裡，這是由博士挑選了帶他們進來的，房間位在一條狹長的走廊裡，他起先還不太清楚方向，摸索了好一陣子。當然，房間並不舒適。天花板高得可怕，狹窄的壁爐冷颼颼的，雖然路克立刻去生了火；他們坐的椅子又圓又滑，燈光透過彩色串珠的檯燈更加重了房間各個角落的陰影。一整個房間充斥著紫色；黯淡的地毯上糾結著含混不清的圖案，牆壁上貼著壁紙和鍍金的裝飾，壁爐架上一尊大理石的邱比特衝著他們傻笑。他們的談話只要稍微一個停頓，整棟房子的安靜立刻從四面八方壓了上來。

伊蓮娜，始終還在懷疑自己是否真的置身在這裡，而不是從某個遙不可及的地點做夢而已，她很慢很仔細的把房間看了一圈，告訴自己這是真的，這些東西確實存在，從壁爐周圍的磁磚到大理石的邱比特，都是真的；而房間裡的這些人即將要成為她的朋友了。博士整個人圓滾滾紅通通，蓄著大鬍子，看他的模樣似乎應該是一個待在溫暖舒適，生著爐火的小客廳裡，腿上窩著一隻小貓咪，嬌小可愛的妻子為他送上果醬司康餅的居家男人。然而事實上，他是如假包換的蒙塔格博士，一個指導伊蓮娜來這裡，博學又固執的小矮個。隔著爐火，坐在博士對面的是狄歐朵拉，她眼明手快的選上最舒服的一張椅子，整個人蜷縮在椅子裡，兩條腿擱在椅把上，頭靠在椅背上；她像隻貓，伊蓮娜想著，一隻等著吃晚餐的貓。路克簡直一分鐘都停不下來，在暗影裡鑽進鑽出，倒酒，撥火，觸摸大理石雕的邱比特；在火光下他躁動，活躍，陽光。四個人沉默著，注視著爐火，長途旅程之後的慵懶吧，伊蓮娜想著，我是這個房間裡的第四個人；我是他們其中之一，我的確是。

「既然我們都來了，」路克突然說，彷彿談話從來沒有中斷過似的，「我們總該互相認識一下吧？到目前為止，我們只知道彼此的名字。我知道這位是伊蓮娜，穿紅色毛衣的，所以那位一定就是狄歐朵拉，穿黃色——」

「蒙塔格博士有鬍子，」狄歐朵拉說，「所以你一定就是路克。」

「你是狄歐朵拉，」伊蓮娜說，「因為我是伊蓮娜。」伊蓮娜，她洋洋得意的告訴自己，一個屬於這裡，跟幾個朋友一起坐在爐火旁，輕鬆自在說著話的伊蓮娜。

「所以你是穿紅色毛衣的。」狄歐朵拉一本正經的說。

「我沒鬍子，」路克說，「所以他鐵定就是蒙塔格博士。」

「我有鬍子，」蒙塔格博士笑咪咪的看著他們三個，開心的說。「我太太，」他向大家聲明，「喜歡男人留鬍子。可是，也有很多女人覺得鬍子很倒胃口。一個把鬍子刮乾淨的男人——請多包涵，孩子——看起來就像衣冠不整，這是我太太說的。」他朝路克舉了舉杯子。

「現在我總算知道我們之中哪個是我了，」路克說，「容我再多認識一下我自己吧。我是，在我私生活的領域裡——假設現在這裡是公眾場合，其餘的地方就都算是私人領域——

該怎麼說呢，我是一個鬥牛士。對，鬥牛士。」

「我喜歡的人要有一個B字開頭，」伊蓮娜情不自禁地脫口而出，「因為他有留鬍子（bearded）。」

「說得好。」路克向她點個頭。「那我就是蒙塔格博士了。我住在曼谷，我的嗜好是騷擾女性。」

「完全不對。」蒙塔格博士逗趣的表示抗議。「我住在貝蒙特。」

狄歐朵拉大笑著，投給路克會心的一瞥，一如稍早投給伊蓮娜的眼神。伊蓮娜看在眼裡，心想狄歐朵拉真不簡單，這麼快就都能找到合適的人。「我是專業的畫家模特兒，」伊蓮娜立刻接口，不許自己多想，「我過著瘋狂放縱的生活，身上掛著一塊披肩，一個閣樓接一個閣樓的轉。」

「你是放蕩？」路克問，「還是愛上富家子為情憔悴的可憐蟲？」

「容顏憔悴又不停的咳嗽？」狄歐朵拉補上一句。

「我倒認為我心地善良。」伊蓮娜頂回去。「不管怎麼說，我的緋聞事件可是咖啡廳裡最熱門的話題呢。」天哪，她想著。我的天哪。

「啊，」狄歐朵拉說，「我是王侯的女兒。平常我都穿金戴銀，一身的綾羅綢緞。今天為了跟你們在一起，我特別借了女傭的新衣服來穿。說不定我就此迷上了平凡的生活再也回不去了，那可憐的女傭可得破費買新衣服穿了。那你呢，蒙塔格博士？」

他在火光下微微笑著。「一個旅人。一個流浪漢。」

「真是一個志趣相投的小團體，」路克大表讚許。「真是命中注定要做不離不棄的朋友。一個情婦，一個流浪漢，一個公主，一個鬥牛士。大山厝肯定從來沒看過像我們這樣的組合。」

「我要向大山厝致敬。」狄歐朵拉說。「我也從來沒看過像它這樣的房子。」她握著酒杯站起來，走上前去查看一盆玻璃花。「他們怎麼稱呼這個房間的，你們猜？」

「休息室吧，也許。」蒙塔格博士說。「或許是化妝間。我覺得我們在這裡要比其他那些房間舒服些。事實上，我想我們不如就把這個房間當成我們的活動中心，類似休閒的交誼廳；這裡也許談不上歡樂──」

「當然歡樂啊，」狄歐朵拉果斷的說，「再沒有比這裡更歡樂的地方了，這些暗紅色的裝潢，橡木的鑲板，還有，那個角落裡是什麼？一頂轎子嗎？」

「明天你會看到其他的房間。」博士對她說。

「如果我們要把這裡當成休閒室，」路克說，「我建議我們搬幾樣可以坐的東西進來。我沒辦法一直像鳥似的巴在這些玩意上面；我會滑……」他故作神祕的對著伊蓮娜說。

「明天，」博士說，「明天，說實在的，明天我們把整棟屋子探查一遍之後，再做打算。現在，各位如果沒有別的事，我建議我們就去看看達利太太為我們做的晚餐吧。」

狄歐朵拉立刻行動，忽然又停頓下來，一臉困惑。「必須有個人幫我帶路。」她說。「我根本不知道餐廳在哪裡。」她手一指。「那扇門是通向走廊然後到前面的大廳。」她說。

博士呵呵的笑著。「錯了，親愛的。那扇門通往花房。」他站起身帶頭走。「我研究過這棟屋子的地圖，」他頗為得意的說：「我們只要穿過這一扇門，走過通道，進入前廳，再穿過大廳和撞球房就是餐廳了。不難。」他說，「只要走過一次就知道了。」

「他們幹嘛要這樣折騰自己呢？」狄歐朵拉問。「幹嘛要那麼多怪裡怪氣的小房間呢？」

「也許他們喜歡彼此躲來躲去吧。」路克說。

「我真不明白他們為什麼每樣東西都喜歡暗濛濛的。」狄歐朵拉說。她和伊蓮娜跟隨蒙塔格博士走上了通道，路克殿後，他走走停停，一會兒查看一張窄桌的抽屜，一會兒對著那些小邱比特頭上的布簾和鑲在大廳壁板頂上的彩帶自言自語大聲嘟囔。

「這些房間一部分都是內室。」帶頭走在前面的博士說。「沒有窗戶，也沒有通到戶外的出口。這種連串的封閉式的房間在那個時期並不算太意外，你們只要回想一下，那個時期許多窗戶裡面掛著厚重的窗簾和帷幕，窗戶外面看不見任何綠樹。啊。」他打開通道的門，帶領他們進入前廳。「現在，」他向著對面的幾個門口考慮著，中間的大雙開門邊上挨著兩扇比較小的門；「好，」他說著選了最近的一扇門。「這房子真的有點古怪。」他繼續說著，一面撐著門讓他們穿過去進入遠處一間陰暗的房間。「路克，幫忙把門撐著，我來找餐廳。」他謹慎的穿過這間陰暗的房間打開另一扇門，大夥跟著他走入到目前為止算是最令人愉快的一個房間，最讓人愉快的，當然是因為燈光，還有食物的色香味。「我真要恭喜自己了，」他快活的搓著手說，「我總算穿越大山脣的不毛之地把你們帶到了文明世界。」

「我們一定要養成隨手讓每扇門都開著的習慣。」狄歐朵拉緊張兮兮的偏過頭張望著。

「我最討厭在黑暗裡亂走一通。」

「那你得找樣東西來把它們撐著才行。」伊蓮娜說。「這屋子裡的門只要你一鬆手它就會自動關上。」

「明天，」蒙塔格博士說。「我要記下來。門擋。」他快樂的走向餐具櫃，達利太太都安排好了，暖熱的烤爐，一排罩著罩子的菜盤。餐桌上放著四人份的餐具，有豪華版的蠟燭，粉紅錦緞的桌布，沉甸甸的銀器。「不簡單，」路克拿起一支叉子，擺出他姑媽愛挑剔的姿勢。「這都是量產的公司銀器。」

「達利太太對這棟房子一定感到很驕傲。」伊蓮娜說。

「不管怎麼說，至少她待我們不小氣。」博士邊說邊往烤箱裡面張望。「而且，這是最好的安排，我覺得。達利太太趕在天黑之前離開，我們就不必看她的臉色用餐了。」

「或許，」路克看著他面前堆得豪邁無比的餐盤，「或許我對這位好到離了譜的達利太太——我幹嘛老是把她想成是好到離了譜的達利太太啊？——或許我對她真的太過分了點。她說希望明天早上看見我還活著，現在我們的晚餐就在烤箱裡；我懷疑她是故意要讓我吃到撐死。」

「她到底為了什麼留在這裡？」伊蓮娜問蒙塔格博士。「為什麼她和她的丈夫會留下來，兩個人守著這棟房子？」

「據我的了解，達利夫婦究竟從什麼時候開始照管這棟大山厝，已經沒人記得了；山德森家族當然很高興他們肯一直留在這裡。不過明天——」

狄歐朵拉出聲的笑著。「達利太太大概是大山厝裡唯一真正存活下來的家族成員了吧。我想她是在等，等山德森家所有的繼承人——就是你，路克——以各式各樣可怕的方式全部死光之後，她就可以得到這棟房子和埋在地窖裡的金銀珠寶了。或者她和達利先生已經把黃金藏在某個密室裡，再不然就是這棟房子底下有油礦。」

「大山厝裡沒有任何密室。」博士斬釘截鐵的說。「當然，從前有可能提出過這樣的構想，不過我非常有把握，這裡絕對沒有這種東西存在。明天——」

「油礦太老套了吧，現在這個產業上不可能再發現這玩意了。」路克對狄歐朵拉說。

「現在達利太太謀殺我的理由大概是為了鈾礦吧。」

「或者純粹為了樂趣。」狄歐朵拉說。

「對，」伊蓮娜說，「可是我們為什麼來這裡呢？」

三個人一起看著她，看了好一會，狄歐朵拉和路克的表情是好奇，博士的表情凝重。狄歐朵拉說：「這正是我要問的。我們為什麼來這裡？大山厝到底哪裡不對了？到底會發生什麼事？」

「明天——」

「不，」狄歐朵拉幾乎任性的說。「我們是三個有腦子的成年人。我們大老遠的跑來這裡。蒙塔格博士，就為了到大山厝來跟你會面；伊蓮娜想要知道為什麼，我也想知道。」

「我也是。」路克說。

「你為什麼要找我們來這裡，博士？你自己又為什麼要來這裡？對於大山厝你聽說了什麼？它為什麼會有這樣的名氣，這裡究竟在搞些什麼？究竟會發生些什麼？」

博士不悅的蹙起眉頭。「我不知道。」他說，狄歐朵拉立刻比了一個氣惱的手勢，他再繼續往下說：「對這棟房子我知道的其實跟你們差不多，當然我會把我所知道的每件事都告訴你們；至於究竟會發生些什麼，要等到你們做了我才會知道。明天，我想明天再說不遲；白天——」

「我不認為。」狄歐朵拉說。

「我向你保證，」博士說，「今天晚上大山厝會很安靜的。這一類事情都有一個模式，好像靈異現象也有它們特別的一套律法。」

「我認為我們就應該在今天晚上講個清楚明白。」路克說。

「我們不怕。」伊蓮娜說。

博士又嘆了口氣。「假如，」他說得很慢，「你們聽完大山厝的故事就不想待在這兒了。可是今天晚上你們怎麼走得了呢？」他飛快的掃了他們一眼。「大門上鎖了。大山厝是出了名的好客，它似乎很不喜歡放走來客。最後一名試圖在黑夜裡離開大山厝的人——容我直說，這是十八年前的事——結果在車道的轉彎口出事死了，他的馬突然暴衝把他撞死在大樹上。假如我把大山厝的這些事說出來，你們中間有人想離開呢？明天吧，至少，我們可以看著你平安到達村子裡。」

「我們不會逃走的。」狄歐朵拉說。「我不會，伊蓮娜不會，路克也不會。」

「堅守崗位。」路克完全贊同。

「你們真是一群不太聽話的助手。那就，吃過晚餐以後。我們回休息室去喝咖啡，再加上一點路克帶來的上好白蘭地，然後我把我所知道的，有關大山厝的一切都告訴你們。但是現在，我們先來聊聊音樂和繪畫，甚至政治也行。」

4

「我一直拿不定主意，」博士轉著杯子裡的白蘭地說，「我該怎麼向你們三個人說明大山厝的事。我當然不能在信裡寫這些，我最不願意做的就是在你們還沒有機會親眼看見什麼的時候，就先入為主的影響到你們的想法。」他們回到了小客廳，小房間溫暖得幾乎要讓人入夢了。狄歐朵拉連椅子都懶得坐，直接倒在爐火前的地毯上，盤著腿，昏昏欲睡。伊蓮娜，心想著也要跟進坐到她旁邊，人卻已經莫名其妙的坐上一張滑溜溜的椅子，現在再坐到地上有些尷尬，她更不願意引起別人的注意。達利太太的好廚藝和一個小時安靜的談話似乎把原來的不真實和拘束感都蒸發掉了；他們開始認識彼此，清楚了每個人說話的口氣，習慣性的動作、臉孔和笑聲；伊蓮娜暗地裡著實有些震驚，她來到大山厝不過四五個小時，居然可以在爐火旁邊談笑自若了。她感覺著手指間纖細的杯頸，堅硬的椅靠頂著她的背，只有從稍微擺動的流蘇和珠簾才能察覺到空氣輕微的流動。黑暗賴在角落裡，大理石雕的邱比特帶著頑皮的笑臉俯看著他們。

「真是講鬼故事的最佳時間。」狄歐朵拉說。

「拜託你。」博士口氣很硬。「我們並不是一群愛嚇唬人的小孩子。」他說。

「對不起。」狄歐朵拉笑看著他。「我只是想讓自己先習慣一下。」

「希望，」博士說，「我們在用詞方面要特別謹慎。關於鬼魂幽靈之類先入為主的觀念——」

「憑空冒出來的手。」路克跟著幫腔。

「親愛的孩子。拜託你了。我正在說明我們來這兒的目的，這是屬於科學和探索性質的東西，不該誇張，或是扭曲，講一些自己也不太清楚的鬼故事，就好像——該怎麼說呢——火烤棉花糖，整人。」他自鳴得意的看著大家，確信其他人一定也被他的一番話逗樂了。「說實話，過去幾年的研究工作已經讓我在靈異現象方面獲得了一些相當不錯的理論，這是第一次，有了一個測試的機會。最理想的情況，當然，就是你們對大山厝一無所知。不知所以，全然接受。」

「還有記筆記。」狄歐朵拉嘀咕著。

「筆記，完全說對了。做筆記。不過，我又發現讓你們處在對背景資料一無所知的情況下非常的不切實際，主要因為你們都不是那種習慣於沒有任何心理準備就上陣的人。」他有些不好意思的對著他們笑。「你們三個嬌寵任性的小朋友聯合起來纏著我，非要我在臨睡前講床邊故事。」狄歐朵拉格格的笑起來，博士高興的對她點了點頭。他起身站到爐火旁，擺出一副標準的授課姿態；大概是覺得背後少了一塊黑板吧，有一兩次他半轉身，抬起手，彷彿在找粉筆寫出重點。「好，」他說，「我們先從大山厝的歷史說起。」要是現在我有筆記本和筆就好了，伊蓮娜想著，那他一定會覺得很自在。她瞥向狄歐朵拉和路克，發現他們倆的臉本能的換上了專注上課的神情；認真用心，她想著，現在我們邁向冒險的另一個層次了。

「各位還記得吧，」博士開始說話了，「在〈利未記〉裡面，以『痲瘋』，tsaraas⑦這個字眼形容房子。還有，荷馬對於地底世界的用語：aidao domos⑧，哈德斯之屋，或是地府⑨；不用我多說，各位想必都聽說過有些房子不太乾淨——或是不容侵犯——之類的說法，這種觀念是由來已久。當然，有些地點很可能本身就帶有一種聖潔的靈氣；有些房子，說起來不太好聽，天生就是惡質。大山厝，不管是哪種原因，已經有二十多年不適合人居住。二十多年前它是什麼樣子，是因為當時住在這房子裡的人的個性，還是因為他們做的一

⑦有病的身體髮膚或房屋基石，出自《聖經》〈利未記〉。
⑧希臘神話中的暗黑世界，即冥界。
⑨The House of Hades，哈德斯是希臘神話中冥界之神。

些事情，還是與生俱來的邪惡，這些問題我統統無法回答。理所當然的，我希望在我們離開這裡之前能夠對大山厝有更深入的了解。目前，甚至沒有誰知道為什麼有些房子會被叫做鬼屋。」

「你把大山厝叫做什麼呢？」路克問。

「呃——錯亂吧，或許。不乾淨。有病。形容精神失常，只要是好聽委婉一點的說法都行；一棟瘋狂的房子是很不錯的一個稱謂。其實，有很多通俗的理論對於這些怪誕、神祕的東西都很排斥；一般人會告訴你們說我所謂的『靈異』其實是地下水流的問題，或者是電流，或者是由空氣污染產生的幻象；氣壓、太陽黑子、地表顫動，各種說法各自表述。人啊，」博士悠悠的說，「總是急於把事情攤開來，硬給它安個名稱，即便是毫無意義的一個名稱，只要能夠扯上一點科學的邊就行了。」他放鬆的嘆口氣，露出一個無奈的笑容。「一棟鬧鬼的屋子，」他說。「所有的人都哈哈大笑。所以，這次我跟我大學的同事們說今年夏天我要去露營。」

「我跟人家說我要去參加一項科學實驗，」狄歐朵拉附和他。「完全不告訴他們在什麼地方，去做什麼。」

「大概你那些朋友對於科學實驗的敏感度沒有我那些朋友來得強吧。」博士又嘆一口氣。「唉，露營——可是我都這把年紀了。不過，他們信了，好吧。」他挺起身子，在身邊摸索，也許是在找碼尺。「我最初聽到大山厝的名號是在一年前，從以前的一任房客那裡。剛開始的時候，他堅持說，離開大山厝是因為他的家人反對住在這麼遠的鄉下，到最後，他說他認為這棟房子應該一把火燒了它，在地上撒鹽。我又向其他曾經住過大山厝的租戶打聽，發現沒有一個人待在那兒超過幾天的，當然更別提住滿租約期限了。他們給的理由五花八門，從地點太潮濕——附帶提一句，這話不完全對；這棟房子非常的乾燥——到為了業務需要，必須搬遷到別的地方去。總而言之，每一個房客都是倉促的離開大山厝，而且都很用力的想出了一個正當的理由，問題是，每一個人都離開了。我當然想盡辦法想要從這些住戶口中探聽更多的實情，但是無論我怎麼勸說，他們都不肯談論這棟房子；所有的住戶似乎都不願意給我任何訊息，事實上，他們根本就不願意回憶住在這裡的細節。只有一個看法是一致的。毫無例外，每一個曾經在這棟房子住過的人，不論時間長短，他們都勸我盡可能的離它遠一點。沒有任何一個住戶肯直截了當的承認大山厝鬧鬼，可是當我探訪了希爾斯戴爾，調閱了舊的報紙檔案——」

「報紙？」狄歐朵拉問。「有醜聞？」

「沒錯，」博士說。「一樁精采絕倫的醜聞，牽扯到自殺、瘋狂和訴訟。這時候我才知道當地人早就知道這棟房子的事了。我當然聽說了十幾二十種不同的故事版本——對於一棟鬧鬼的房子，想要得到正確的資訊真是不得了的困難；我到底聽到了多少說法，說出來會嚇壞你們——所以最後，我找上了山德森太太，路克的姑媽，安排我租下大山厝。她非常坦率的表示這棟房子很討人嫌——」

「要想燒掉一棟房子，難度超乎你的想像。」路克說。

「——不過，她還是同意我簽下短期租約，讓我住進來做研究，有一個條件就是我的團體裡必須要有一名家族成員。」

「他們希望，」路克嚴肅的說，「我勸阻你挖掘那些可愛的老醜聞。」

「好了。我已經把我怎麼會來這裡，路克怎麼會來這裡的原因都說明了。至於兩位女士，我們都知道是因為我寫信給你們，你們接受了我的邀請。我希望兩位以自己的方式，在這棟房子裡盡量發揮各自的力量；狄歐朵拉之前已經展現了她擁有很不錯的心靈感應能力，而伊蓮娜過去也曾經跟靈異作怪的現象有過切身的接觸——」

「我？」

「當然。」博士好奇的看著她。「許多年以前，你還是小孩子的時候。那些石頭——」

伊蓮娜皺著眉搖了搖頭。她圈著杯頸的手指在發抖，「那是鄰居。我母親說那是鄰居幹的。人總是愛妒忌。」

「或許吧。」博士面帶笑容的看著伊蓮娜靜靜的說。「這個事件老早被遺忘了；我只是說明這是我找你來大山厝的原因。」

「我小時候，」狄歐朵拉慵懶的說，「──『很多很多年以前，』博士，我學你的措辭──曾經因為朝著花房的屋頂扔了塊磚頭挨了一頓揍。我記得當時我為這件事想了很久，我忘不了挨揍，更忘不了那美妙的砸石頭的聲音，經過深思熟慮之後，我又走出去再扔一次。」

「我記不太清楚了。」伊蓮娜不很確定的對博士說。

「可是為什麼？」狄歐朵拉問。「蒙塔格博士，我的意思是，我可以接受大山厝有鬧鬼的可能，也可以接受你找我們來，幫忙追蹤和紀錄這個事件的發展──再說，我相信你也不願意單獨一個人待在這裡──可我就是不明白，這是一棟可怕到極點的老房子，如果租的人是我，只要看一眼前廳我就會立刻要求退還租金。所以，這裡究竟有什麼？究竟是什麼東西讓人嚇破膽呢？」

「我不會對無以名狀的東西隨便安個名字上去，」博士說。「我不知道。」

「他們甚至從來沒告訴過我那是怎麼一回事。」伊蓮娜急切的對博士說。

「我母親說是因為鄰居，他們老是跟我們作對，因為她不肯跟他們攪和在一起。我母親──」

路克慢條斯理的打斷了她的話。「我認為，」他說，「我們大家要找的就是真相。一些我們可以理解、可以拼湊起來的東西。」

「首先，」博士說，「我要問各位一個問題。你們想離開嗎？你們是不是認為我們不如現在就收拾行李回家，別再管這棟大山厝的閒事，從此互不相干？」

他看著伊蓮娜，伊蓮娜兩手緊握；這又是一次逃離的機會，她想，「不。」她說，尷尬的看了看狄歐朵拉。「今天下午我太像小孩子了，」她做解釋。「自己嚇自己。」

「她沒有說出實情，」狄歐朵拉誠實的說。「我當時跟她一樣害怕；我們兩個被一隻兔子嚇壞了。」

「恐怖怪物，兔子。」路克說。

博士大笑。「看樣子，今天下午我們大家都很緊張。一轉彎看見大山厝的時候真的是個大驚嚇。」

「我還以為他要拿車子去撞樹呢。」路克說。

「現在我可是非常勇敢了，在這間溫暖的房間裡，有爐火有同伴。」狄歐朵拉說。

「就算我們想離開，現在大概也走不成了。」伊蓮娜這句話既沒經過大腦，也沒想到別人的感受；她發現大夥都在看著她，她趕緊笑了笑，語無倫次的說：「達利太太絕對不會原諒我們的。」她真正要說的，心裡在想的是，也許現在它已經「吃定」了我們，這棟房子，它不會讓我們走了。

「我們再喝一點白蘭地，」博士說，「我來跟你們講大山厝的陳年舊事。」他回到壁爐邊上授課的位置，慢慢的話說從頭，就好像一個講古的人，在敘述很久很久以前那些國王和戰爭的故事；他的聲音刻意保持客觀冷靜。「大山厝是在八十多年前建造的。」他開始了。「當時一個名叫赫夫．克雷恩的人為他家人蓋的屋子，一棟鄉間大宅，他希望看到他的孩子和孫兒孫女都能住在這棟豪華舒適的大宅裡，他也希望自己在這裡安享餘年。但很不幸的，大山厝幾乎從開始就注定是一棟悲情的房子；赫夫．克雷恩年輕的妻子還來不及看一眼這棟大宅就死了，她坐的馬車就在到達車道的時候翻覆，只差幾分鐘而已，這位女士──啊，『斷了氣』，我想他們用的是這個詞──進了她丈夫為她建造的這個家。留下他，赫夫．克雷恩，一個痛不欲生的男人和兩個幼小的女兒，但是他沒有離開大山厝。」

「兩個小孩就在這裡長大？」伊蓮娜疑惑的問。

博士微微笑著。「我前面說過，這棟房子很乾燥。沒有沼澤瘴氣，孩子不會生病發燒，鄉下的空氣對她們也很有益處，房子本身看起來又很豪華氣派。我相信這兩個小孩在這裡一定玩得很開心，也許寂寞了點，不過不會不快樂。」

「我希望她們去小河那邊玩水。」狄歐朵拉說。她凝視著火光。「可憐的小東西。我希望她們可以在那片草地上奔跑，摘野花。」

「她們的父親再婚了，」博士繼續往下說。「而且，兩次。他在娶妻這方面似乎──相當不順。第二任克雷恩太太是摔死的，但是真正的原因我並不確定。她的死似乎跟她的前一任一樣，是個意外。第三任克雷恩太太死於癆病，好像是在歐洲某個地方；現在圖書室裡，還藏著一大堆的明信片，都是那位父親寄給當時待在大山厝裡兩個小女兒的，那時候她們的繼母一直都在不同的休養所之間遊走，一個地方接一個地方不停的更換。兩個小女孩就跟著她們的女家庭教師住在這裡，直到那位繼母過世。之後，赫夫・克雷恩宣布封閉大山厝，他照舊繼續待在國外，把兩個女兒託付給她們親生母親的一位堂姊，小姊妹倆就在這個堂姊家裡住到長大。」

「但願這位媽媽的堂姊比老赫夫開朗些。」狄歐朵拉說，她仍舊深沉的凝視著爐火。「想到這兩個孩子像蘑菇似的，在黑暗當中長大的滋味真難受。」

「她們的看法不同，」博士說。「這一對姊妹大半輩子都在為大山厝爭吵不休。畢竟，這裡是赫夫・克雷恩心目中的王朝所在，在他妻子死後不久他也在歐洲去世了，大山厝當然留給兩姊妹共有，那時候她們應該算是年輕的小姐了；至少，做姊姊的已經開始正式的在社交場合露臉了。」

「把頭髮往上梳，學著喝香檳、拿扇子……」

「大山厝空了許多年，不過始終都準備著迎接家人入住；最先是期待赫夫・克雷恩的歸來，在他死後，就等著其中一個姊妹的歸來。在這段時間裡，兩姊妹似乎達成了一個協議，大山厝應該歸大姊所有；小妹已經結婚……」

「啊哈，」狄歐朵拉說，「小妹結婚了。搶她姊姊的男朋友，肯定是的。」

「據說大姊當時確實失戀了，」博士表示贊同，「但也有一說，兩位女士，不知道什麼原因，都喜歡獨居。總之，最後回來這裡住的是大姊。她似乎繼承了父親的強悍；她一個人在這裡住了很多年，幾乎與世隔絕，雖然希爾斯戴爾村子的人都認識她。你們或許會覺得不可思議，她真心真意的喜愛大山厝，把它視為一個最完美的家。後來她在村子裡帶了一個女孩上來跟她住，當作陪伴；就我所知，當時村民對於這棟房子並沒有特別的感覺，克雷恩家的大小姐——她是個名人，所謂動見觀瞻——既然她在村子裡僱了一些僕人，再從村子裡找個女孩上去作陪伴也是一件好事。克雷恩家大小姐為了這棟房子經常跟妹妹鬧意見，妹妹堅持說她已經放棄了房子，那房子裡的東西就該歸她所有，有些東西相當值錢，她姊姊不答應。其中有很多珠寶、古董家具、全套鑲金邊的碗盤——就是這套碗盤把妹妹惹火了。山德森太太讓我查閱一箱家族文件，我看到幾封克雷恩大小姐寫給她妹妹的信，每一封信裡這套碗盤一再的成為最傷感情的焦點。總之，後來大姊因為肺炎死在這裡，當時只有那個小陪伴在服侍她——過後有傳言說是醫生來得太晚了，謠傳當時老小姐倒在樓上沒人管，那個年輕的女孩在花園跟一個村子裡的傢伙調情，可是我懷疑這些只是胡扯的八卦；當時大家都相信這些說法，我當然找不到真憑實據，事實上很多謠傳似乎都來自於心存報復的妹妹，她的怒氣始終不能平。」

「我不喜歡那個妹妹，」狄歐朵拉說，「她先搶了姊姊的情人，後來又想搶她姊姊的碗盤。真是，我不喜歡她。」

「大山厝有一長串的悲劇歷史，其實，大多數老房子都有。人總是會在某個地方生生死死，一棟矗立了八十多年的房子不可能沒看見過住戶死在它『懷』裡。老姊姊死了之後，這棟房子開始了法律訴訟。跟老姊姊作伴的女孩堅持說這棟房子是留給她的，妹妹和她的丈夫據理力爭，說房子於法應當歸他們所有，他們表示陪伴的女孩耍心機欺騙姊姊，把本來應該留給他們的房產簽給了她。最頭痛的就是這種事情，家務事，兩邊各說各話，互相叫罵。作陪伴的女孩在法庭上信誓旦旦——這個，我想，應該就是大山厝顯露真性情的第一個徵兆——她說二小姐在夜晚進屋裡偷東西。訴訟事件愈搞愈大，她變得非常神經質而且語無倫次，最後逼得她非要提出一些真憑實據的時候，她只好說有一組銀器不見了，還有一套非常值錢的琺瑯製品，再就是那一整套最出色的鑲金碗盤，偏偏這套碗盤很不容易偷走。另一邊，那位妹妹甚至告對方謀殺，要求調查老姊姊的死因，案情至此愈走愈偏，愈來愈亂。我沒辦法查出這些提告最後有沒有當真。除了老姊姊的一張正式死亡通知以外，其他找不到任何紀錄。當然村民們一定會起疑，一定會想知道這個死亡事件有沒有任何蹊蹺。最後陪伴老姊姊的女孩贏了官司，在我看來，是贏在誹謗和誣告，房子判給了她，但是二小姐不肯放手，始終想把它奪回來。她不斷寫信威脅恐嚇這個倒楣的小陪伴，四處的告她，當地警方的資料檔案裡，確實有過這個女孩被迫向警方申請保護的紀錄，為了防止她的仇人拿掃把攻擊她。這個女孩好像一直處在恐懼當中。她的房子一到晚上就有人潛進來——她一再的堅持說是他們進來偷東西——我讀過她的一封信，寫得很可憐，她抱怨說自從她的恩人過世之後，她在這棟房子裡沒有過過一個平靜的夜晚。奇怪的是，村子裡的人幾乎一面倒的同情二小姐，或許因為這個女孩本來只是個村姑，現在竟成了莊園的女主人。村民們相信——到現在還是相信，我認為——二小姐的繼承硬是被一個心機女孩騙走了。他們並不相信她會謀殺她的『朋友』，可是他們樂於相信她的不誠實。因為，當然，若有這樣的機會，他們自己也很可能像她一樣的不誠實。閒話永遠是最糟糕的敵人。等到那可憐的孩子自殺——」

「她自殺了？」伊蓮娜驚嚇得提高了音量。「她有必要自殺嗎？」

「你說，她還有什麼其他的辦法可以逃離折磨她的人呢？但她也許沒想到這一點。村民們接受的說法竟是，她因為良心不安而選擇了自殺。我比較傾向於，她是那種很頑強但不夠聰明的女人，會霸著一些自認為應當屬於自己的東西，但是在精神上，卻承受不了別人長時間的窮追猛打；她既沒有對抗二小姐懷恨報復的利器，村子裡的朋友也不再跟她來往，更逼她發狂的是，她認定大鎖和鐵鍊都阻止不了夜晚潛入她屋子裡的敵人——」

「她應該離開，」伊蓮娜說，「離開這棟房子逃得遠遠的。」

「事實上，她試過。我真的認為這個可憐的孩子是含恨而終；對了，她是上吊自盡的。

傳言說她在高塔的角樓裡上吊，問題是，如果你有了一棟像大山厝這樣的房子，有高塔有角樓，說閒話的人就不可能讓你去別的地方上吊了。她死後，房子合法移轉到了山德森家族手中，這些人是她的堂姊妹，他們對這位二小姐的折磨根本不當回事，因為這時候的她已經有些瘋癲了。我從山德森太太那裡得知，他們家人——想必是她先生的父母——第一次前來看房子的時候，這位二小姐突然現身辱罵他們，她等在路上對著他們又吼又叫，緊接著她就被送進了當地的警局。關於二小姐這部分的結局大約就是這樣：從山德森把她攆走的那天起，到幾年後簡單的一封死訊出現為止，這段期間她似乎都在默默的悔過，不過跟山德森一家離得很遠，老死不相往來。說也奇怪，她雖然口不擇言胡扯謾罵，卻始終堅持一件事——她從來沒有，也從來不想，在晚上潛入這棟房子，不管偷東西或是為任何其他的理由。」

「到底有沒有偷走什麼東西？」路克問。

「我前面說過了，陪伴大小姐的女孩最後是在情急之下只能說好像有一兩樣東西不見了，可是又說不清楚。你們想也知道，『黑夜裡的入侵者』這種故事當然更加提升了大山厝日後的『名聲』。再加上，山德森一家人根本不住在這裡。他們在這棟房子只待了幾天，當時他們還跟村民說要整修房子做長住的打算，忽然之間就全部搬走了，房子原封不動。他們的說法是因為緊急的公務必須趕回城裡去，可是村民們認為實情不是這樣。從那以後再沒有一個人會在這棟房子裡住超過幾天的。從那以後，這棟房子就一直在促銷，不是待售就是招租。啊，這個故事真長，我需要再來一杯白蘭地。」

「這兩個可憐的小女孩。」伊蓮娜望著火光說。「我忘不了她們，想到她們在這些黑暗的房間裡走來走去，玩著洋娃娃，也許就在這裡，也許在樓上的那些臥室裡。」

「這棟老房子也是，就這樣一直窩在這裡。」路克遲疑的伸出一根手指謹慎的摸了摸大理石雕的邱比特。「沒有任何一樣東西被人摸過、用過，這裡的東西早已經不再需要任何人了，只想這樣一動不動的坐在這裡沉思。」

「和等待。」伊蓮娜說。

「和等待。」博士加重確認。「基本上，」他慢慢的繼續說下去，「這棟房子本身就是邪惡，就是禍水，我想。它把裡面的人綁住，毀滅，這是一個包藏禍心的地方。好了，明天你們就可以看到它全部的面貌了。山德森家族最初來這裡住的時候安裝了電力、水管和一具電話，其他的東西全部沒變。」

「好吧，」一陣短暫的沉默之後，路克說，「我相信我們大家在這裡一定會住得非常舒服。」

5

伊蓮娜發現自己沒來由的欣賞起自己的一雙腳來。狄歐朵拉就在她腳趾尖的另一端，對著火光出神，伊蓮娜得意的想著她這雙腳穿在紅色的涼鞋裡簡直太美了；從腳趾到頭頂，她想，我怎麼會這麼完整又這麼獨特呢，一個獨一無二的我，所有的特徵都專屬於我自己。我有紅鞋，她想著——一雙跟伊蓮娜很搭配的紅鞋；我不喜歡吃龍蝦，我喜歡靠左側睡，緊張的時候我喜歡壓手指的關節，我喜歡蒐集鈕釦。我現在握著的白蘭地酒杯是專屬於我的，因為我在這裡，我在使用它，在這間房裡我有一個位置。我有紅鞋，明天我會醒來，明天我仍舊會在這裡。

「我有紅鞋。」她輕輕的說，狄歐朵拉轉身對她微笑。

「我本來想——」博士熱誠殷切的朝他們看了一圈，「我本來想問你們打不打橋牌？」

「當然。」伊蓮娜說。我打橋牌，她想，我養過一隻貓叫舞孃；我會游泳。

「我恐怕不行。」狄歐朵拉說，其餘的三個人轉頭看著她，明顯的失望。

「完全不會嗎？」博士問。

「我一個星期打兩次橋牌，已經持續十一年了。」伊蓮娜說：「跟我母親和她的律師還有律師的太太——我相信你沒問題的。」

「要不你教我？」狄歐朵拉問。「玩遊戲我學得很快。」

「天哪。」博士說，伊蓮娜和路克哈哈大笑。

「那我們玩點別的吧。」伊蓮娜說；我能打橋牌，她想，我喜歡蘋果派加酸奶，我自己一個人開車來到這裡。

「雙陸棋呢？」博士喪氣的說。

「我很會下棋。」路克對博士說，博士興致立刻來了。

狄歐朵拉嘴一撇。「我們來這裡應該不是為了玩遊戲吧。」她說。

「只是放鬆一下，」博士含糊的回應著，狄歐朵拉不高興的聳了聳肩，繼續凝視著爐火。

「我去拿棋子，只要告訴我在哪裡。」路克說。博士笑一笑。

「還是由我去吧，」他說。「別忘了，我研究過這棟房子的設計圖。如果讓你一個人去漫遊，到時候我們真的永遠找不到你了。」博士帶上了房門，路克朝狄歐朵拉好奇的瞥了一眼，走過去站到伊蓮娜身旁。「你不會緊張吧？那個故事有沒有嚇著你？」

伊蓮娜果斷的搖搖頭，路克說：「你看起來臉色蒼白。」

「可能是我該睡覺了，」伊蓮娜說，「平常我沒有開過這麼遠的路。」

「白蘭地，」路克說，「喝這個可以讓你睡個好覺。你也來一點。」他對著狄歐朵拉的後腦勺說。

「謝謝。」狄歐朵拉冷冷的說，並不回頭。「我很少睡不著。」

路克咧著嘴對伊蓮娜會心的一笑，轉過身看著博士開門進來。「真是難以想像，」博士一面放下棋子一面說，「這棟房子真是不得了。」

「發生什麼了？」伊蓮娜問。

博士搖了搖頭。「看樣子，我們真該同意，千萬不要一個人在這棟房子裡亂晃。」他說。

「發生什麼了？」伊蓮娜問。

「是我自己的幻想。」博士堅定的說。「這張桌子行嗎，路克？」

「好棒的一副老棋子。」路克說。「奇怪那位二小姐怎麼會沒注意到。」

「我可以告訴你們一件事，」博士說，「如果夜裡潛入這棟房子的人真的是那位二小姐，那她一定膽大包天。它在監看，」他很突然的加了一句，「這棟房子。它在監看你的一舉一動。」緊接著說，「純粹是我的幻想，當然。」

在火光下，狄歐朵拉的面容僵硬陰沉；她喜歡專注，伊蓮娜自作聰明的以為，她毫不考慮的挪過去坐到狄歐朵拉的身旁。她聽得見身後擺棋盤的聲音，路克和博士下棋的小動作，爐火閃動著光焰和小小的火星。她等了一會兒，狄歐朵拉還是不說話，於是她主動開口，愉快的問：「很難相信現在真的在這裡了，是嗎？」

「我沒想到這麼無趣。」狄歐朵拉說。

「明天早上就有很多事可做了。」伊蓮娜說。

「家裡有那麼多人，有說有笑，光線明亮有趣又興奮——」

「我倒不需要那些東西，」話一出口，伊蓮娜幾乎有些後悔。「我好像從來也沒什麼興奮的事。這或許跟我和母親住在一起的關係。她睡覺的時候我總是一個人玩紙牌或是聽收音機。晚上我絕對不想看書，因為每天下午我都得為她大聲朗讀兩小時。都是愛情小說。」她看著爐火微微笑著。還不只這樣呢，她想，她並沒有說出真正的感受，她說不上來，但她忽然一驚：我為什麼說這些？

「我很可怕，對不對？」狄歐朵拉忽然把手按在伊蓮娜的手上。「我坐在這裡鬧脾氣，就因為覺得不好玩；我太自私了。快說啊，你真的是太可怕了。」她的眼神在火光中閃著興奮的光。

「你真可怕。」伊蓮娜順從的說。狄歐朵拉的手令她覺得很尷尬。她不喜歡被觸摸的感覺，然而狄歐朵拉似乎是用這個小小的肢體動作做為一種方式，表達她的歉意，也或許是快樂，也或許是同情——不知道我的指甲乾不乾淨，伊蓮娜想著，溫柔的抽開了手。

「我真可怕。」狄歐朵拉的好心情又恢復了。「我可怕又粗野，誰也受不了我。來，現在跟我來聊聊你自己吧。」

「我可怕又粗野，誰也受不了我。」

狄歐朵拉大笑。「別取笑我了。你甜美可愛，大家都非常喜歡你；路克已經瘋狂的愛上了你，我妒忌喔。現在，我想多了解你一些。你真的照顧你母親那麼多年？」

「是的。」伊蓮娜說。她的指甲確實很髒，她的手確實很難看，人們常常嘲弄愛情，因為有時候它真的很可笑。「十一年，到三個月前她去世為止。」

「她去世你難過嗎？我是不是應該說我聽了很難過？」

「不用。她並不快樂。」

「你也是？」

「我也是。」

「那現在呢？那以後你是怎麼過的，你終於獲得自由以後？」

「我把房子賣了。」伊蓮娜說。「我和我姊姊從老房子裡各自拿了一些自己要的東西，小東西；真的只是一些我母親留下來的小東西——我父親的手錶，一些舊的珠寶首飾。絕對不像大山厝裡的那對姊妹。」

「你把其餘的全部賣了？」

「全部。速戰速決。」

「然後你就開始這趟瘋狂隨興的旅程，一頭撞進了大山厝？」

「也不是啦。」伊蓮娜哈哈大笑。

「可是白白浪費了那麼多年！你有沒有坐過遊輪，有沒有找過年輕的帥哥，有沒有買幾件新衣服……」

「很遺憾，」伊蓮娜帶著挖苦的語氣，「沒那麼多錢。我姊把她的那一份存入銀行做女兒的教育基金。我的確買了幾件衣服，為了來大山厝。」人都喜歡回答跟自己有關的問題，她想，好怪的樂趣；我現在竟然什麼都願意回答。

「你回去以後要做什麼？你有工作嗎？」

「沒有，目前沒有。我不知道我要做什麼。」

「我知道我要做什麼。」狄歐朵拉豪放的伸個懶腰。「我要把我們公寓的燈統統開亮，純粹享受。」

「你的公寓長什麼樣子？」

狄歐朵拉聳聳肩。「很舒服。」她說，「我們找到一間舊公寓，自己整修。裡面有一個大房間，兩三個小臥室，廚房很不錯——我們把房子漆成紅色和白色，再把舊貨店裡蒐購來的老家具重新改造——有一張很好的桌子，大理石桌面的。我們兩個都喜歡把老東西翻新。」

「你結婚了嗎？」伊蓮娜問。

少許的沉默，然後，狄歐朵拉哈哈一笑，「沒。」

「對不起，」伊蓮娜說，尷尬極了，「我不是有意冒犯。」

「你真好玩。」狄歐朵拉說著用手指碰了碰伊蓮娜的臉頰。我眼睛周圍有細紋，伊蓮娜想著，她別過臉避開火光。「告訴我，你住在哪兒？」狄歐朵拉說。

伊蓮娜想著，低頭看著她那雙難看的手。我們明明請得起洗衣服的女工，她想著，真不公平。我這雙手太難看了。「我有一塊屬於自己的小地方，」她緩緩的說，「一間小公寓，跟你的公寓很像，只是我獨自一個人住。而且，一定比你的小多了。我還在裝潢——一次買一樣東西，你知道的，要買就必須買得對。光是白色的窗簾我就找了好幾個星期，擺在壁爐架左右兩邊角落上的一對石獅子反而先買到了，我還有一隻白貓，一些書，一些唱片和照片。所有的東西全都要照我的意思，因為用這些東西的人是我；我曾經有過一只裡面畫了許多小星星的藍色茶杯；喝茶時候往杯子裡看，會看見滿天的星星。我想要這樣的一只杯子。」

「說不定哪天就會出現這麼一只杯子，在我店裡，」狄歐朵拉說。「那我就可以送給你。有那麼一天你會收到一個小包裹，上頭寫著『給伊蓮娜，愛你的朋友狄歐朵拉贈。』包裏裡就是一只裝滿小星星的藍色杯子。」

「要是我，我一定會去偷那些鑲金的碗盤。」伊蓮娜大聲笑著。

「將軍。」路克說。博士接著說：「啊呀，天哪。」

「運氣啦。」路克開心的說。「在爐火邊上的兩位女士睡著了嗎？」

「差不多了。」狄歐朵拉說。路克走過去向她們伸出手，一邊一個的把她們拉起來，伊蓮娜歪歪斜斜的，差點跌倒；狄歐朵拉俐落的站起來，伸伸懶腰打個哈欠。「狄歐想睡了。」她說。

「我帶你們上樓，」博士說。「明天大家真的要好好的熟悉一下路線。路克，請你把爐火滅了好嗎？」

「我們要不要檢查一遍門戶上鎖了沒？」路克問。「我看達利太太離開的時候大概只鎖上後門，其餘的門呢？」

「很難想像我們會逮到哪個闖空門的人。」狄歐朵拉說。「像那個小陪伴，每天鎖門，有什麼用呢？」

「該不會是我們自己想逃跑吧？」伊蓮娜說。

博士飛快的朝伊蓮娜瞥了一眼。「我看不必鎖門了。」他靜靜的說。

「村子裡的小偷也不可能上來。」路克說。

「總之，」博士說：「一兩個小時內我還不會睡覺；到我這個年紀睡前看一個小時的書是基本配備，我很聰明帶了《潘蜜拉》⑩來。如果哪位睡不著，我就會去為你朗讀。到目前為止我沒見過有誰聽了理查生的書還會睡不著的。」他邊走邊說，帶領他們走過狹窄的過道，穿過很大的前廳，來到樓梯口。「我一直打算用它來試試一些小孩子——」他繼續的說。

伊蓮娜跟隨著狄歐朵拉走上樓梯，這才發現她已經睏得不得了，每一步都非常吃力。她不斷提醒自己她現在是在大山厝裡，但是現在，即便是那間藍室，對她來說也不過就是一張有著藍色床罩和藍色花被的大床而已。「菲爾丁⑪的小說在長度上跟他有得比，但主題不一樣，對小朋友絕對不合適。我甚至懷疑史特恩⑫——」

狄歐朵拉走到綠室的門口，轉身微笑。「如果你覺得緊張，」她對伊蓮娜說，「馬上跑進來我的房間。」

「我會的。」伊蓮娜由衷的說。「謝謝你，晚安。」

「——當然，斯摩萊特⑬不包括在內。兩位女士，我和路克都在這裡，就在這層樓的另一邊——」

「你們的房間是什麼顏色？」伊蓮娜忍不住問。

「黃色。」博士有些吃驚。

「粉紅色。」路克比出一個噁心的娘娘腔手勢。

「我們是藍色和綠色，就在這裡。」狄歐朵拉說。

「我會醒著，在看書。」博士說。「我把房門稍微留一些縫隙，只要有聲音我就會聽見。晚安，祝你們好睡。」

「晚安，」路克說，「大家晚安。」

她隨手帶上了藍室的房門，伊蓮娜疲憊的想，也許是大山厝的黑暗和壓迫感令她如此困倦，好了，現在都沒關係了。藍色的大床不可思議的柔軟。奇怪，她帶著濃濃的睡意想著，這房子那麼的可怕，可是在很多方面卻又那麼的舒服——柔軟的床鋪，宜人的草坪，興旺的爐火，達利太太的好廚藝。還有這些同伴，她想著，現在，她念頭一轉：我可以好好的來想想他們了；現在房裡就我一個人了。路克為什麼會來這裡？我又為什麼會來這裡？漂泊止於情人的相遇。他們都看出我在害怕。

---

⑩ Pamela, or Virtue Rewarded，英國作家塞繆爾・理查森（Samuel Richardson）於一七四〇年出版的作品。

⑪ Henry Fielding，1707-1754，英國小說家。

⑫ Laurence Sterne，1713-1768，英國最偉大的小說家之一。

⑬ Tobias George Smollett，1721-1771，蘇格蘭詩人、作家，擅寫冒險小說。

她打了個冷顫，坐起來探手去拿腳邊的棉被。忽然，半是為了好玩半是因為冷，她溜下床，光著腳悄悄的穿過房間走到門邊轉了轉鎖孔裡的鑰匙；他們不會知道我把門鎖上了，她一面想一面趕緊回到床上。蓋上棉被，她發現自己莫名其妙的很恐懼的望著窗戶，窗子在黑暗中反著慘白的光，她再看房門。我真希望有一顆安眠藥，她想著，側過頭去，強迫性的再看那扇窗，再看那扇門，心裡想，它在動嗎？可是我鎖上了啊。它在動嗎？

她想著，馬上決定把被子蒙住頭就沒事了。她縮在床上躲在被窩裡，咯咯的傻笑起來，沒有別人聽見，真好。之前在都市裡，她從來沒有蒙著頭睡過；這就是我今天來的目的啊，她想。

她很安心的睡了；隔壁房裡狄歐朵拉也睡了，帶著笑容，開著燈。長廊深處，博士在看《潘蜜拉》，偶爾抬起頭傾聽，有一回他走到門口，站了一會，望了望長廊，然後再回去看他的書。除了樓梯頂亮著一盞夜燈，廳堂裡一片漆黑。路克睡著了，床頭櫃上放著一支手電筒和一個帶在身邊的幸運符。這棟房子籠罩在他們四周，靜悄悄的，不期然的，幾乎像在顫抖似的動了一下。

六哩外，達利太太醒了，她看了看鐘，想到大山厝，迅速的又閉上了眼睛。三百哩之外，大山厝的主人葛洛莉亞．山德森太太，她闔上了手上的偵探小說，打個哈欠，伸手關了燈，稍微的想了一下，她有沒有把前門的門鍊拴好。狄歐朵拉的朋友睡了；博士的太太和伊蓮娜的姊姊也都睡了。遠處，大山厝的樹林子裡，一隻貓頭鷹在叫，將近清晨的時候，下起了一陣細雨，霧濛濛昏沉沉。

第四部

1

伊蓮娜醒過來發現藍室在早晨的細雨中顯得黯淡無光。她發現自己在夜裡已經拋開了棉被，完全回復到她平常的睡姿，頭睡在枕頭上。令她更驚訝的是她睡過了八點，她想這真是一大諷刺，這麼多年來第一次睡得這麼香甜竟然是在大山厝。躺在藍色的大床上，仍舊處在半睡半醒狀態的她，仰看著天花板上昏暗的浮雕，暗暗問自己，我做了些什麼？我是不是出糗了？他們是不是在笑我？

很快的把昨晚的情形回溫了一遍，她只記得自己好像——肯定是的——很傻、很天真的感到好滿足，簡直可以說快活極了；其他人會不會偷笑她的單純和「蠢」？我說了許多蠢話，她告訴自己，他們當然注意到了。今天我一定要含蓄一點，別再讓他們看笑話。

這一刻，她完全清醒了，她搖頭嘆息。伊蓮娜啊，你真是個超級的傻孩子，她對著自己說，就像平常的每個早晨那樣。

包圍著她的房間現在也活過來了；她在大山厝的藍室裡，浮花窗簾在窗邊輕微的晃動，浴室裡嘩嘩的水聲一定是狄歐朵拉，既然醒了，當然要梳洗，當然會肚子餓。「早安。」伊蓮娜喊著。狄歐朵拉應著，有點喘，「早安——我馬上就好了——我會幫你把浴盆放滿水——你餓不餓？我餓死了。」難道她以為不替我放好水我就不洗澡了？伊蓮娜疑惑著，忽然又慚愧起來；我在這裡必須停止這些想法才行，她嚴重的警告自己，她翻身下床走到窗口。越過陽台的屋頂望著寬闊的草坪，矮樹叢和小樹林全都蒙上了一層霧氣。草坪盡頭的一列大樹就是通往小河的路標，看樣子這個早上在草地上快樂野餐的希望要落空了。今天明顯是個濕答答的天氣，好在這是夏季的雨，可以讓草和樹的綠意更濃，可以讓空氣更清新甜美。太迷人了，伊蓮娜心裡一驚；她想，她大概是覺得大山厝迷人的第一人吧，接著她心裡又一驚，或者，會不會所有的人在這裡的第一個早上都這麼想呢？她打了一個冷戰，發現自己竟然不知道自己在興奮什麼，不知道為什麼會在大山厝裡這麼快活的醒來，太奇怪了。

「我餓得快死啦。」狄歐朵拉用力敲著浴室的門，伊蓮娜一把抓起浴袍衝了過去。「要讓自己看起來像一道陽光。」狄歐朵拉在她房間裡喊著。「這麼陰暗的天氣，我們可得比平常更多一點光彩。」

早餐前歌唱，入夜前哭泣⑭，伊蓮娜告誡自己，因為她已經在小聲的唱了，「遷延蹉

⑭ Sing before breakfast you'll cry before night，意即樂極生悲。

跎，來日無多……」

「我還以為我是個懶蟲，」狄歐朵拉在門那邊得意的說，「想不到你更糟。現在一個懶字都不足以形容你了。洗得夠乾淨啦，可以出來吃早餐啦。」

「達利太太九點上早餐。我們光鮮亮麗的出現在她面前，她會怎麼想？」

「她會失望到哭。你看會不會有人在晚上尖叫找她？」

伊蓮娜挑剔的看著自己抹了肥皂的腿。「我睡得像根木頭。」她說。

「我也是。如果再三分鐘你還沒好，我就衝進來淹死你。我要吃『早餐』。」

伊蓮娜想著她已經好久好久沒有穿得像一道陽光了，也沒有這麼急著想吃早餐了，更沒有一早醒來這麼明確清楚的面對自己了，這麼的認真，這麼的溫柔；甚至連刷牙，記憶中也沒有這麼細膩過。這全是一夜好眠的效果，她想，自從母親過世以後，我的睡眠已經差到超乎自己的想像。

「你還沒好嗎？」

「來了，來了。」伊蓮娜奔到門口才想起門還鎖著，她輕柔的開了門。狄歐朵拉等在走廊上，一身俗麗的花格子呢在周圍的暗沉中鮮豔無比；看著狄歐朵拉，伊蓮娜相信她是真的在享受做她自己，不管穿戴、梳洗、行動、吃飯、睡覺、說話，一切的一切，每一分每一秒，狄歐朵拉可能從來不會在乎別人對她的想法。

「你看我們需不需要再花一個多鐘頭才能找到餐廳的位置？」狄歐朵拉說。「也說不定他們留了張地圖給我們——你知道嗎？路克和博士好幾個鐘頭前就起來了。我還在窗口跟他們說話呢。」

我起晚了沒趕上他們，伊蓮娜想著，明天我一定要早起，我也要在窗口跟他們說話。她們下了樓梯，狄歐朵拉穿過黑暗的大廳，信心滿滿的把一隻手按在一扇門上。「這裡，」她說，推開門卻是一間她們沒見過的房間，昏暗空洞，還有回聲。「這裡。」伊蓮娜說，這次她選的門後面是一條狹窄的通道，直接通往昨晚他們待過的那一間有爐火的小客廳。

「在大廳那邊。」狄歐朵拉轉過身，一臉困惑。「真要命。」她仰起頭大喊。「路克？博士？」

遠遠的她們聽見有人在大聲回應，狄歐朵拉上前再推開另一扇門。「要是他們想，」她側頭說，「讓我永遠留在這個髒兮兮的大廳，為了吃頓早餐要我一扇門一扇門的找——」

「這扇應該對了，」伊蓮娜說，「穿過這個暗暗的房間，那邊就是餐廳了。」

狄歐朵拉再一次大喊，這次撞上了一件家具，她氣得開罵——就在這時，遠遠的一扇門開了，博士說：「早安。」

「討厭到了一個極點的爛房子。」狄歐朵拉揉著膝蓋。「早安。」

「當然，你們絕對不會相信的，」博士說，「三分鐘前這些門是敞開的。是我們把門開著好讓你們找到路。我們就坐在這兒，眼看著它們一扇扇的關起來，直到你大喊——好啦。大家早。」

「煙燻鯖魚。」路克在餐桌邊上說。「早，我希望兩位女士是煙燻鯖魚。」

四個人在黑暗中過了一夜，早上又在大山厝再次見面，他們成了一家人，彼此熟不拘禮的打著招呼，各自走向昨晚用餐時候的椅子，坐上自己用餐的位置。

「一頓豐盛的早餐，達利太太說過九點會上菜。」路克揮著叉子說。「我們開始在懷疑，兩位是不是習慣在床上吃早餐的類型。」

「要是在別的屋子我們早就到了。」狄歐朵拉說。

「你們剛才真的把門都開著嗎？」伊蓮娜問。

「這樣我們才知道你們來了。」路克告訴她。「我們看著那些門自動關上。」

「今天我們把所有的門都用釘子撐住。」狄歐朵拉說。「我要走遍這棟房子，一直走到我能十拿九穩的找到食物為止。昨晚我一整晚都開著燈睡，」她對博士老實說，「什麼事也沒發生。」

「整夜都非常安靜。」博士說。

「你守了我們一整夜？」伊蓮娜問。

「差不多到三點左右，最後還是《潘蜜拉》把我催眠了。這之前一點聲音都沒有，兩點以後才開始下雨。兩位女士有一位在睡夢中喊過一次……」

「那肯定是我。」狄歐朵拉大剌剌的說。「我夢見那個邪惡的妹妹在大山厝的大門口。」

「我也夢見她了。」伊蓮娜說。她看著博士忽然說：「真的很不好意思。我是說，想到自己那麼膽小害怕。」

「我們大家都在一起，你知道的。」狄歐朵拉說。

「你如果不說出來反而更不好。」博士說。

「只要塞飽了煙燻鯖魚，」路克說，「就什麼感覺也沒有了。」

伊蓮娜又出現了前一晚的感覺，她覺得談話似乎刻意在迴避恐懼的念頭，就是現在，就在她心上。或許她被大家公認為偶爾發聲的代言人，所以，她不吭聲，大家就不吭聲，就當沒這回事；或許，他們把她當成是裝載各種恐懼的車輛，只要有她就夠了。而他們就像一群孩子，她氣惱的想著，在那裡爭先恐後不說，還要對最後上來的人開罵。她推開餐盤嘆了口氣。

「今天晚上在我睡覺以前，」狄歐朵拉對博士說，「我一定要把這棟房子裡的每一吋地方全部看過。我再也不要躺在那裡老是在懷疑頭頂上有什麼，身子底下有什麼。我們一定要打開幾扇窗子，把門也開著，不要再瞎摸索了。」

「做小記號，」路克建議。「畫箭頭，寫上『由此前進』。」

「或是『此路不通』，」伊蓮娜說。

「或是『注意傾倒的家具』——」狄歐朵拉說，「是『我們』造成的。」她對路克說。

「我們先來探索這棟房子吧，」伊蓮娜說。也許她說得太快了，狄歐朵拉轉頭好奇地看著她。「我不想到時候發現自己一個人被丟在小閣樓之類的地方。」伊蓮娜不自在的補了一句。

「沒有誰會把你丟在任何地方的。」狄歐朵拉說。

「我建議，」路克說，「我們先把壺裡的咖啡喝掉，然後繃緊神經一間一間的查看，用力去揭發這棟房子的門道，我們沿路都讓房門開著。我真的從來沒想過，」他傷心的搖著頭，「我怎麼會忍受繼承一棟需要做路標的房子。」

「我們必須知道怎麼稱呼這些房間。」狄歐朵拉說。「譬如我跟你說，路克，我在排名第二的客廳跟你偷偷相會——你怎麼知道該去哪兒找我？」

「你可以一直吹口哨吹到我到為止。」路克獻計。

狄歐朵拉聳聳肩膀。「你會聽見我在吹口哨在喊你，你會一扇門接一扇門的找，永遠找不到對的那一扇。而我呢，就在房間裡面，也沒辦法出來——」

「而且沒東西吃。」伊蓮娜火上加油的說。

狄歐朵拉又看她一眼。「而且沒東西吃。」頓了一會兒她才表示贊同。「這根本就是嘉年華會裡的怪怪屋。」她說。「房間裡面又是一個房間，房門一重又一重，等你過來它就關上，我打賭這裡一定有雙面鏡，還有讓你裙子飛起來的通風管，還有在黑暗的通道裡突然冒出來衝著你笑的怪東西——」她突然安靜下來，拿起咖啡杯，動作太快，咖啡都灑了出來。

「也沒有那麼糟。」博士輕鬆的說。「其實，一樓房間的設計我可以稱它為同心圓的方式；圓心就是我們昨天晚上待的小客廳；周圍有一連串的房間，大體上都圍繞著它——比方說撞球室，和一間陰暗隱密的小隔間，全部用玫瑰色緞子裝潢——」

「我和伊蓮娜每天早上可以去那裡做針線活。」

「——圍繞著這些——我把它們叫做內室，因為這些房間根本沒有直接通到外面的通路；這些房間根本沒有窗子，你們記得吧——圍繞著這些房間的是一大圈外室，大客廳，圖書室，花房——」

「不行，」狄歐朵拉一個勁的搖頭。「我現在還沒走出那一間玫瑰色緞子的小房間呢。」

「外面的陽台環繞整棟房子。這些門都是通往陽台的，從大客廳、花房，和一間起居室。還有一條通道——」

「停，停，」狄歐朵拉一面笑一面搖頭。「真是一棟爛到透頂的房子。」

餐廳一角的旋轉門開了，達利太太站在那裡，一手把著門，面無表情地看著早餐桌。

「我十點來收拾。」達利太太說。

「早安，達利太太。」路克說。

達利太太把視線轉到他身上。「我十點來收拾。」她說。「這些餐盤應該回歸到架子上。午餐我再拿下來。我一點上午餐，不過餐盤必須先放回架子上。」

「當然，達利太太。」博士起身放下餐巾。「大家都準備好了嗎？」他問。

就在達利太太的眼皮底下，狄歐朵拉故意慢吞吞的舉起杯子喝光最後一滴咖啡，用餐巾碰了碰嘴巴，往後一靠。「早餐好極了。」她有模有樣的說。「這些餐盤是屬於這棟房子的嗎？」

「它們是放在架子上的。」達利太太說。

「那這些玻璃杯、銀器和亞麻呢？這些老東西真可愛。」

「亞麻，」達利太太說，「是在餐廳放亞麻的抽屜裡。銀器是在銀器盒子裡。玻璃杯是在架子上。」

「我們一定給你添了很大的麻煩。」狄歐朵拉說。

達利太太沉默。最後，她說：「我十點來收拾。我一點上午餐。」

狄歐朵拉笑哈哈的起身。「來吧，」她說，「快點，快點。我們來開門吧。」

理所當然的，就從餐廳的門開始，他們拿一把很重的椅子把門撐開。餐廳外面是遊戲間；之前狄歐朵拉撞到的桌子是一隻矮矮的棋盤桌（「哈呀，昨晚我怎麼會沒看到！」博士埋怨自己），房間盡頭是牌桌和椅子，還有一隻瘦長的櫃子，裡面放著棋子，槌球和玩克里比奇撲克的紙牌板。，房間盡頭是牌桌和椅子，還有一座瘦長的櫃子，裡面放著棋子、槌球和玩克里比奇撲克的紙牌板。

「消磨一個鐘頭的好地方。」路克站在門口看著這個陰冷的房間。慘綠的桌面配上壁爐周圍暗沉的磁磚，沒有半點歡樂的氣氛；木頭的鑲板當然少不了，只是在這裡換成了一系列毫無生氣的打獵圖，焦點似乎都集中在各種獵殺野生動物的方式，壁爐台上方有一顆鹿頭，表情尷尬的俯瞰著他們。

「這就是他們的娛樂場地。」狄歐朵拉說，高高的天花板把她的聲音顫抖的傳了回來。「他們來這裡，」她繼續的說，「釋放掉這整棟房子裡的壓迫感。」鹿頭悲哀的俯瞰著她。「我說的是那兩個小女孩。」她說。「我們可不可以把上面這頭『野獸』摘下來？」

「我看牠迷上你了，」路克說，「從你進來牠的眼睛就沒離開過你。我們出去吧。」

他們離開的時候同樣也把門開著，大廳裡藉著這兩扇開著的房門，稍微有了一點昏暗的光線。「等找到了有窗子的房間，」博士說，「我們就開窗；現在，我們先把前門打開再說。」

「你一直在想那兩個小孩，」伊蓮娜對狄歐朵拉說，「可是我卻一直忘不掉那個孤單寂寞的小陪伴，一個人在這些房間裡走來走去，也不知道房子裡還會有誰在。」

路克費好大力氣把巨大的前門拉開，然後連推帶轉的把一只大花瓶推過來把門頂住；「新鮮空氣。」他感恩的說。濕暖的雨水和青草味飄進了大廳，他們在敞開的門口站了一會，吸著大山厝外的空氣。博士說：「有件事你們大概都沒想到。」他打開嵌在前門邊上的一扇小門，退開一步，面帶微笑。「圖書室，」他說，「在塔裡。」

「我不能去那兒。」伊蓮娜說，連她自己都嚇了一跳，但是她就是不能。她往後退，一股泥和土的寒氣排山倒海似的衝向她。「我母親——」她說，一時間她不知道該對他們說什麼，只能緊緊的貼著牆壁。

「真的？」博士十分感興趣的看著她說。「狄歐朵拉？」狄歐朵拉聳聳肩，一步踏進了圖書室；伊蓮娜全身發抖。「路克？」博士說，路克早已經在裡面了。從她站的位置，伊蓮娜只能看見圖書室環形牆壁的一小部分，有一道狹窄的鐵梯往上走，既然是塔樓，這梯子應該就是不斷的往上，往上，往上；伊蓮娜閉起眼睛，聽見博士的說話聲，遠遠的，撞在圖書室石壁上發出空洞的音響。

「你們看見那邊的陰影裡有一扇暗門嗎？」他問。「它通到外面的小陽台，那就是一般公認她上吊的地方——那個女孩，你們記得吧。一個最合適的地點，確實是；依我看，在這裡自殺要比看書更合適。她大概是把繩子綁在鐵欄杆上然後一步踏——」

「謝謝，」狄歐朵拉在裡面說，「我完全可以想像，謝謝你。換作是我，我可能會把繩子套在遊戲室裡的那顆鹿頭上。不過，我猜她大概對這座塔樓有所依戀吧；在這個場景用『依戀』兩個字真是太好了，你們不覺得嗎？」

「美妙至極。」是路克的聲音，很大聲。他們走出圖書室回到伊蓮娜等候著的大廳。「我想我會把這個房間改成夜總會。把樂團安排在陽台上，那些跳舞的女孩就從迴旋的鐵梯子走下來；酒吧——」

「伊蓮娜，」狄歐朵拉說，「你沒事了吧？那個房間確實可怕，你不進去是對的。」

伊蓮娜離開牆壁站著；她的手冰冷，她想哭，她轉身背對著圖書室的門，門開了，博士抱著一堆書出來。「我在這裡可不想讀太多的書。」她故作輕鬆的說。

「就怕這些書聞起來也有圖書室的味道。」

「我沒有聞到什麼味道。」博士說。他看著路克，眼裡帶著問號，路克搖搖頭。「挺怪的，」博士繼續說，「我們要找的就是這一類的事情，把它記下來，親愛的，照實的把它記下來。」

狄歐朵拉一臉困惑的表情。她站在過道上，轉身，回頭看著樓梯，再轉身看著前門。「有兩扇前門嗎？」她問。「還是我搞混了？」

博士露出開心的笑容；他顯然就在等這個問題。「只有這扇前門，」他說，「你昨天進來的就是這扇門。」

狄歐朵拉皺眉。「那為什麼我和伊蓮娜從我們臥室的窗戶看不見塔樓呢？我們的房間看得見這棟房子的正面，可是——」

博士拍手大笑。「終於，」他說，「聰明的狄歐朵拉。所以我才要你們在白天看這棟房子。來，坐在樓梯上聽我說。」

他們聽話的坐在樓梯上，仰頭看著博士，他擺好演講的架式，一本正經的開始說了，「大山厝的特徵之一就是它的設計——」

「嘉年華會的怪怪屋。」

「完全正確。難道各位沒有懷疑過為什麼在這裡找路特別的困難？普通一般的房子不可能會讓我們四個人困惑這麼久，然而事實上我們一次又一次的選錯門，我們想要找的房間一直在『迴避』我們。甚至連我也很困擾。」他嘆息著點了點頭。「我猜想，」他繼續，「赫夫·克雷恩希望有一天大山厝能夠變成一個名勝古蹟，就像加州的溫徹斯特神祕屋⑮或是其他許多八角形的房子；大山厝是由他自己設計的，記得吧。而且，我之前跟各位說過，他是一個怪人。每個角度——」博士朝門口比了個手勢——「每個角度都有些微的偏差。赫夫·克雷恩肯定很討厭別人那種中規中矩四平八穩的房子，他的房子是完全順著他的意思蓋的。你們以為的角度是一般習慣的角度，你們的想法沒有錯，可是這裡的角度總是在某個方向就會有一點點的落差。比方說，你們相信現在坐著的樓梯是平的，因為你們沒有心理準備，樓梯居然不是平的——」

幾個人不安的挪動起來，狄歐朵拉迅速出手抓住樓梯的扶手，彷彿就要摔下去了似的。

「——實際上，它是有一點點傾斜，斜向房子的主軸；所有的門口也都有一點點的偏離中心——這也許，對了，這也許就是所有的門都會自動關上的原因，除非把它們撐住；我懷疑，今天早上會不會是你們兩位女士走過來的腳步聲把那幾道門微妙的平衡度破壞了。當然，所有這些測量上的細微偏差加總起來，就使得這棟房子產生相當程度的變形和扭曲。狄歐朵拉不能從她的臥室窗戶看見塔樓，就因為塔樓其實是在房子的邊角。從狄歐朵拉的臥室窗口，塔樓是完全看不見的，但是從這裡看起來它似乎恰好就在她的臥室外面。事實上狄歐朵拉臥室的窗戶在我們的左側，離我們現在的位置有十五呎遠。」

狄歐朵拉無奈的兩手一攤。「天哪。」她說。

「我明白了，」伊蓮娜說。「陽台的屋頂誤導了我們。我可以從我的窗口看見陽台的屋

⑮ Winchester House，位於美國加州聖荷西市，一八八四年開始建造，是出名的鬼屋。

頂，因為當時我直接進屋子，直接上樓，我就以為前門就在正下方，其實——」

「你只看到了陽台的屋頂，」博士說。「前門還離得很遠；前門和塔樓要從育嬰室的位置才看得見，那是在門廳通道盡頭的一間大房間；待會兒我們會看見的。它是——」他帶著惋惜的口氣，「建築誤導的一個極品。香波爾城堡的雙螺旋梯[16]——」

「所以每樣東西都稍微偏離了中心點？」狄歐朵拉不太確定的問。「所以會有不連貫的感覺？」

「如果再回到一棟真的房子那又會怎樣？」伊蓮娜問。「我是說——一棟——呃——一棟『真實正常』的房子？」

「那肯定就像下船的感覺。」路克說。「在這裡待了一陣子之後，你的平衡感也會不對勁了，得花一段時間才能把你的『水手腿』[17]去掉，或者應該說你的大山厝腿。有沒有可能，」他問博士，「人們以為的那些靈異現象，只是因為住在裡面的人稍微失去了一點平衡的關係？內耳的問題，」他很有見地的對狄歐朵拉說。

「這肯定會對人有某種程度的影響。」博士說。「我們從小就近乎盲目的信任我們的認知和平衡感，所以心智為了維護它固有的、熟悉的模式，確實有可能激烈的排拒所有偏頗的證據。」他轉變話題。「前頭還有更多的驚奇。」他說。他們下了樓梯跟著他，小心翼翼的走著，邊走邊試探著腳下的地板。他們走過窄窄的通道到達昨晚待過的小客廳，再由這裡走進環繞在它外圍的一圈房間，同時順手把房門全部撐開，從這些房間可以看見陽台。他們拉開厚重的窗簾，外面的天光透入了大山厝。他們穿過音樂室，房間裡有一架站得筆直的豎琴，琴弦文風不動，絲毫不受他們腳步聲的影響。一架蓋著琴蓋的大鋼琴，琴蓋頂上有一個大燭台，燭台上的蠟燭毫無點燃過的痕跡。一張大理石桌面的桌子上擺著嵌了假花的玻璃鐘，椅子全是鍍金的細腳椅。過了音樂室就是花房，透過高高的玻璃門，外面的雨絲看得一清二楚，花房裡到處是潮濕的蕨類，甚至連籐製的桌椅上都是。這裡的濕氣令人極不舒服，他們很快的離開，穿過了一道拱門進入了大客廳，幾個人立刻呆住。

「它不在這裡的。」狄歐朵拉虛弱的笑著。「我不相信它原本就在這裡。」她搖頭。「伊蓮娜，你也看見了嗎？」

「怎麼會……？」伊蓮娜不知該說什麼。

「我還以為你們會很高興。」博士相當得意。

一座大理石雕像把大客廳的一端整個占滿了；它杵在淡紫色的花紋地毯上，巨大，奇形

⑯ Château de Chambord，法國著名的城堡，由達文西原創設計的雙螺旋梯交錯貫穿三個樓層，當時的用意是避免王后和國王的情婦錯身而過的尷尬。

⑰ sea legs，習慣在船上生活，不會暈船的意思。

怪狀，外帶赤裸的蒼白；伊蓮娜兩手蒙著眼，狄歐朵拉挨緊她。「我認為這是一尊從波浪裡升起的維納斯。」博士說。

「絕對不像，」路克總算找到了自己的聲音，「這是療癒痲瘋病人的聖方濟各⑱。」

「不是，不是。」伊蓮娜說。「其中一個是龍。」

「都不對，」狄歐朵拉口沒遮攔的說，「這是一尊全家福的塑像，真笨哪，你們。拼裝起來的。任何人一眼就看出來啦；正中心的那個人形，高高的，一絲不掛的——我的天哪！男性的那個，就是老赫夫，他在表揚自己，因為他蓋了這棟大山厝，那兩個伴隨他的漂亮女神就是他的兩個女兒。右邊那個好像在揮著一根玉米棒的，是在講述她的訴訟案，另外一個，那邊小小的那個，就是小陪伴，另外這邊的這一個——」

「是達利太太，按照真人雕的。」路克說。

「他們站著的那塊像是草地的東西應該是餐廳的地毯，只是長高了一點。有沒有人注意過餐廳的地毯？看上去很像一塊乾草地，甚至可以感覺到它在刺你的腳踝。背後，那一大片蔓延開來像蘋果樹似的東西，那是——」

「當然就是守護這棟房子的象徵。」蒙塔格博士說。

「但願它別倒下砸到我們。」伊蓮娜說。「這棟房子那麼的不平衡，博士，有沒有這種可能？」

「我仔細的研究過這尊雕像，當初為了讓它站穩在不平衡的地板上，在架構上花費了相當大的一筆錢。總之，在房子蓋好的時候它就擺在這兒了，到現在也沒有倒下來。很可能，赫夫．克雷恩很欣賞它，甚至覺得它很可愛。」

「也有可能他用這個來嚇唬他的孩子。」狄歐朵拉說。「這房間要是沒有這個東西該多漂亮啊。」她轉著，搖擺著。「一間跳舞室，」她說，「女士們穿著蓬蓬裙起舞，這麼大的房間一堆人來跳土風舞都沒問題。赫夫．克雷恩，你願意跟我跳一曲嗎？」她向雕像行了一個屈膝禮。

「我相信他會接受的。」伊蓮娜不由自主的退後一步。

「不要招惹他吧。」博士哈哈大笑。「別忘了唐璜⑲的故事啊。」

狄歐朵拉怯怯的摸了摸雕像，她的手指碰觸著雕像攤開著的手指。「大理石總是令人感到震撼，」她說，「它永遠不會是你想像的那種感覺。想像中跟真人大小一樣的雕像摸起來應該會有皮膚的感覺。」她又旋轉起來，一個人在昏暗的房間中閃啊閃的，跳著華爾滋，向

---

⑱ Saint Francis，又稱阿西西的聖方濟各，San Francesco d'Assisi，天主教方濟各教會的創始人。

⑲ Don Juan，是西班牙家喻戶曉的傳奇人物，風流倜儻，在文學作品中更以它作為「情聖」的代名詞。

著雕像彎腰屈膝。

「在房間這一頭，」博士對伊蓮娜和路克說，「那些窗簾底下，就是通往陽台的門；狄歐朵拉跳得太熱了可以從這裡走出去涼快一下。」他走到房間盡頭拉開厚重的藍色窗簾，打開房門。雨水濕暖的氣味又竄進來了，連帶著一陣風也跟了進來，感覺上雕像似乎有一絲活過來的氣息，彩色的牆壁也有了些許亮光。

「這房子裡的東西都不會動，」伊蓮娜說，「除非你轉開視線，這時候從你的眼角就會看到了。你們看架子上那些小雕像；在我們背過身子的時候它們都在跟狄歐朵拉一起跳舞。」

「『我』在動。」狄歐朵拉朝著他們轉圈。

「玻璃花鐘，」路克說。「流蘇。我開始迷上這棟房子了。」

狄歐朵拉拽著伊蓮娜的頭髮，「我們去陽台賽跑。」她說著就衝向門口。伊蓮娜來不及思考或猶豫，也跟了上去，她們倆一起跑上陽台。伊蓮娜，跑著笑著，轉過一個彎，發現狄歐朵拉進了另一扇門，她氣喘吁吁的停下來。原來她們到了廚房，達利太太在水槽邊回過頭，沉默的看著她們。

「達利太太，」狄歐朵拉很有禮貌的說，「我們在探索這棟房子。」

達利太太的眼睛轉向架子上的鐘。「現在十一點半，」她說。「我——」

「——一點上午餐。」狄歐朵拉說。「我們想參觀一下廚房，如果不介意的話。樓下的房間我們已經都看完了。」

達利太太定定的站了一會，然後表示默許的動了動頭，不慌不忙的走向稍遠的那個門口。她開了門，她們看得見外面的後樓梯，達利太太回轉身關上門之後才離開。狄歐朵拉把頭貼在門上聽了一會，說：「我懷疑達利太太是不是特別偏愛我，我真的有這個感覺。」

「我猜想她可能到角樓上去上吊了。」伊蓮娜說。「既然來了，我們來看看午餐吃什麼。」

「不要亂動東西，」狄歐朵拉說，「你很清楚這些餐盤都要放在架子上的。你覺得這女人真的要做舒芙蕾給我們吃嗎？這真的是舒芙蕾的盤子啊，還有蛋和起司——」

「很棒的廚房。」伊蓮娜說。「我媽媽家的廚房又暗又窄，在那裡面煮出來的東西難吃又難看。」

「你自己的廚房呢？」狄歐朵拉隨口問。「你小公寓裡的？伊蓮娜，你看這些門。」

「我不會做舒芙蕾。」伊蓮娜說。

「你看，伊蓮娜。這扇門是通往陽台的，另外這扇是往下——到地下室，我猜——再過去那扇又是通往陽台，剛才她上樓的是這扇，另外那邊的一扇——」

「又是通往陽台，」伊蓮娜一面說一面把門打開。「一間廚房有三扇門通往陽台。」

「還有這扇門是通往管家的儲藏室和餐廳的。我們的達利太太超喜歡門，對不對？她當然——」兩個人四目相對，「只要她願意，不管哪個方向她都可以立刻走出去。」

伊蓮娜突然轉身回到陽台上。「我懷疑，不知道她有沒有叫達利先生把多餘的那些門封住。我懷疑，想不通她怎麼會喜歡待在一間背後都是門的廚房裡，有可能隨時都會不知不覺的打開來。我真的懷疑，達利太太之所以習慣待在廚房，是為了隨時可以落跑，不管哪個方向她都出得去。我懷疑——」

「閉上你的嘴。」狄歐朵拉語氣溫和的說。「一個緊張兮兮的廚子絕對做不出好吃的舒芙蕾，任誰都知道的。而且，她很可能在樓梯上聽著。我們來挑一扇門，讓它開著。」

路克和博士站在陽台上，望著草坪；前門，在他們另一邊，詭異的關著。房子後面，幾乎就像在頭頂上，一座座的山丘陰鬱無聲的在雨中。伊蓮娜在陽台徘徊，心想著過去她從來不知道一棟房子可以如此的把人包圍起來。就像一根非常緊箍的腰帶，她想著；如果陽台散了，這房子是不是也散了呢？她現在就走在這一個圍繞這整棟房子的大圈圈上，於是她看見了塔樓。它突然的在她眼前升起，幾乎是突如其來的，就在她轉過一個彎的時候。塔樓用灰色的石頭建造的，結實得離譜，緊密的擠在這棟房子用木板搭蓋的一側，堅守崗位的陽台支撐著它。醜惡，她立刻想到，接著又想，如果有一天這棟房子燒掉了，相信這個塔樓一定還在，灰暗又可憎的繼續杵在廢墟上，警告著人們不得接近大山厝的殘垣斷壁，說不定隨處都會有亂石墜落下來，說不定會有貓頭鷹或蝙蝠在這裡飛進飛出，甚至就在底下的書堆裡築巢架屋。窗戶開在塔樓的半中間，很像是石頭上有稜有角的裂縫，從那些窗口往下看，不知道是什麼光景，她就是不敢進去塔裡。我絕對不敢從那些窗口往下看，她只能想像，想像那一道盤旋而上，狹窄的鐵扶梯。塔頂是圓錐形的木屋頂，屋頂上還有一支木頭的塔尖。這在別的房子看起來一定很可笑，但在大山厝卻是渾然天成，而且像是在期待著什麼，等候著某一個輕巧的小人兒或許會從小窗戶爬出來，爬上斜斜的塔頂，再攀上塔尖，綁上一根繩子……

「你會摔下來的。」路克說，伊蓮娜驚得抽了一口氣；她吃力的往下看，才發現自己緊抓著陽台的欄杆，整個身體往後仰。「在我這棟迷人的山厝裡千萬不可相信自己的平衡感。」路克說，伊蓮娜用力深呼吸，覺得暈眩，站不穩。周圍的樹林，草坪似乎都歪向了一邊，天空也在旋轉，就在她努力想要讓自己從這個天搖地動的世界裡穩下來的時候，他一把拉住了她。

「伊蓮娜？」狄歐朵拉走近了，她聽見博士在陽台上奔跑的腳步聲。「這棟該死的房子，」路克說，「每分每秒你都得注意。」

「伊蓮娜？」博士說。

「我沒事。」伊蓮娜搖著頭，搖搖晃晃的穩住自己。「我往後仰著在看塔頂，結果頭暈了。」

「我抓住她的時候她整個人幾乎是斜的。」路克說。

「今天早上我也有過一兩次這種感覺，」狄歐朵拉說，「就好像在牆上走路似的。」

「快帶她進屋裡去，」博士說，「到屋子裡面，感覺就不會那麼嚴重。」

「我真的沒事。」伊蓮娜窘透了，她踩穩步子沿著陽台走向前門，門關著。「我記得我們讓它開著的。」她的聲音有些發抖，博士搶上前，把那扇厚重的門再度打開。進到屋裡，大廳又恢復了原來的樣子；所有撐開著的門，全數整齊劃一的關閉了。博士打開進入遊戲室的門，他們看見前面通往餐廳的門已經關上，他們用來當作門擋的小凳子整齊的回歸到了靠牆的位置。化妝間和大客廳，小客廳和花房，門窗統統緊閉著，窗簾也全部拉攏了，一切又回歸黑暗。

「是達利太太。」狄歐朵拉說，她緊跟著博士和路克，他們兩個走得很快，一間接著一間，把所有的房門再度打開，撐住，拉開窗簾，讓溫暖潮濕的空氣送進來。「達利太太昨天晚上幹的，就在我和伊蓮娜走開的時候，因為她寧願自己動手把它們關上也好過看它們自動關上，因為這些門本來就該關著，這些窗戶本來就該關著，這些盤子本來就該——」她傻呼呼的大笑起來，博士轉身皺起眉頭惱火的看著她。

「達利太太應該知道自己的分際。」他說。「如果必須，我會用釘子把這些門釘住。」他轉上過道走向他們的小客廳，砰的一聲把門甩開。「亂發脾氣有什麼用。」他說著對那扇門狠狠的踹了一腳。

「午餐前進來喝一點雪利酒吧。」路克親切的說。「女士們，請進。」

2

「達利太太，」博士放下叉子說，「舒芙蕾好吃得沒話說。」

達利太太轉身短促的看了他一眼，端起空盤子走進廚房。

博士吁了一口氣，疲憊的動了動肩膀。「昨晚守了一夜，今天下午我需要好好休息，你，」他對伊蓮娜說，「最好也去睡一個小時。或許睡個午覺，大家都會覺得舒服一些。」

「我明白，」狄歐朵拉逗趣的說，「我一定要睡午覺。等我回到家可有得說了，到時候我可以告訴他們這是我在大山厝裡的課程之一。」

「或許晚上會睡不著。」博士說，桌子周圍升起一絲寒意，銀器的光澤和瓷器的亮彩變得暗沉了，有一小團雲氣飄進了餐廳，達利太太跟著出現。

「差五分兩點。」達利太太說。

3

伊蓮娜下午沒睡，雖然心裡很想；結果卻是賴在狄歐朵拉綠室的床上，看狄歐朵拉塗指甲油，有一搭沒一搭的說著話，她不願意承認她跟著狄歐朵拉進入綠室的真正原因是因為不敢一個人待在房間裡。

「我最愛裝扮自己了。」狄歐朵拉深情的看著她的手。「我喜歡把全身都塗上顏色。」伊蓮娜在床上舒服的翻來覆去。「塗上金色。」她隨口建議著。在她幾乎閉上的眼睛裡看見的狄歐朵拉，就像坐在地板上的一攤顏色。

「指甲油、香水和浴鹽，」狄歐朵拉的口氣好像在講古，在講尼羅河畔的城市。「睫毛膏。你怎麼一點都不會想到這些事，伊蓮娜。」

伊蓮娜笑呵呵的閉起眼睛。「沒時間。」她說。

「好，」狄歐朵拉一副堅決的口氣，「等到我把你改造完畢，你就會變個樣了；我不喜歡跟沒有任何顏色的女人在一起。」她用大笑來表示這只是一句玩笑話，然後繼續說：「我先幫你的腳趾塗上紅色的指甲油。」

伊蓮娜也大笑著伸出了她的光腳丫。過了一會，幾乎要睡著的時候，她覺得那奇怪冰涼的小刷子刷在她的腳趾上，她全身一抖。

「像你這麼一位交際花當然早就習慣了別人的伺候。」狄歐朵拉說。「你的腳好髒。」伊蓮娜一驚，連忙坐起來看；她的腳好髒，她的腳趾甲已經塗上了鮮紅的顏色。「好可怕，」她對狄歐朵拉說，「好邪氣，」她想哭。可是，一瞧見狄歐朵拉臉上的表情卻又忍不住的哈哈大笑起來。「我去洗腳。」她說。

「天哪。」狄歐朵拉坐在床邊的地板上，愣愣的看著。「你看，」她說。「我的腳也好髒，寶貝，真的，你看啊！」

「總而言之，」伊蓮娜說，「我討厭這些塗塗抹抹的事情。」

「你大概是我看過最瘋狂的一個人了。」狄歐朵拉快活的說。

「我不喜歡無助的感覺。」伊蓮娜說，「我母親——」

「你母親肯定很高興看見你把腳趾塗成紅色。」狄歐朵拉說。「好看。」

伊蓮娜再看她的腳。「好邪氣，」她無奈的說，「我是指——我的腳。讓我感覺自己像個傻子。」

「你居然把傻氣和邪氣混在一起。」狄歐朵拉開始收拾她的裝備。「反正，我不會把它擦掉了，我們兩個等著看，到時候路克和博士一定先看你的腳。」

「不管我說什麼，你都會把它當成傻話。」伊蓮娜說。

「或是邪氣。」狄歐朵拉嚴肅的望著她。「我有一種預感，」她說，「你應該回家，伊蓮娜。」

她是在笑我嗎？伊蓮娜疑惑著；她認定我不適合待在這裡？「我不要。」她說，狄歐朵拉很快的再看她一眼，別開視線，溫柔的摸著伊蓮娜的腳趾。「指甲油乾了。」她說。「我真是白痴。剛才一下子不知道被什麼東西嚇著了。」她站起來伸個懶腰。「我們去找其他人吧。」她說。

4

路克疲累的靠在二樓走廊的牆上，腦袋枕著一幅鏤刻著廢墟的金質畫框。

「我怎麼老是在想著這棟房子是我未來的財產，」他說，「以前從來不會想得這麼厲害；我一直不斷的告訴自己，有一天這裡就是我的了，我也一直不斷的問自己為什麼。」他朝著長長的走廊比個手勢。「如果我特別喜歡房門，」他說，「或是鍍金的老鐘，各式各樣的小模型；如果我特別喜歡土耳其風格的角落，那我就有可能把大山厝看成一個美侖美奐的仙境。」

「這棟房子挺漂亮的，很氣派。」博士強調說。「當初建造的時候想必博得很多好評。」他朝著走廊盡頭的大房間信步走了過去，那裡原先是一間育嬰室。「哪，」他說，「我們現在從窗口就可以看見塔樓了——」一跨過房門他忽然冷得發抖。他轉身好奇的望著。「這門口有穿堂風嗎？」

「穿堂風？在大山厝裡面？」狄歐朵拉哈哈大笑。「除非你有辦法讓其中一扇門一直開著。」

「那就，一個一個的走進來。」博士說，狄歐朵拉移步上前，穿過門口的時候還扮了個鬼臉。

「好像一座墳墓的入口。」她說。「不過，裡面倒是夠暖和的。」

路克走上來，在那個「冷點」稍微猶豫一下，立刻離開，跟在後面的是伊蓮娜，她只覺得有一股逼人的寒氣隨著她的腳步起落；好像在穿過一堵冰牆，她邊想邊問博士：「怎麼回事？」

博士神情愉快的兩手一拍。「土耳其風的角落全是你的了，孩子。」他說。他伸出一隻手，謹慎的伸向那個冰冷的方位。「無解，誰也沒辦法解釋這件事。」他說。「墓穴的根本，正如狄歐朵拉所說的。波利萊多里[20]的冷點上下落差不過十一度。」他得意的往下說，「這裡，我認為，更冷。這裡是整棟房子的心臟。」

狄歐朵拉和伊蓮娜緊緊靠在一起；育嬰室裡面很暖和，散發著關閉久了的霉味，但通過門口時的寒氣幾乎是有形的，觸摸得到的，就像出入必經的一個路障。窗戶那邊，塔樓灰色的石頭貼得很近；房間裡很暗，牆上畫的一整列小動物，不知怎麼的，看起來一點也不歡樂，反而像是被困住了似的，也或許是跟遊戲室裡那一系列的獵鹿圖在互相呼應。育嬰室比其他的臥室來得大，這裡有一種難以形容的，被冷落忽視的氛圍，這是大山厝其他地方所沒有的，伊蓮娜忽然想到，就算無所不管的達利太太，除非必要，大概也不會經常來這裡，經過這一道寒氣逼人的路障吧。

路克退後，跨過那個冷點，細細查看走廊地毯、牆壁，輕輕拍打牆面，似乎想要發掘其中的道理。「不可能是通風管，」他抬頭看著博士說，「除非他們直接從北極接了一條通風管線過來。這裡全部都很扎實。」

「我很想知道究竟誰睡在這間育嬰室裡，」博士答非所問的說。「你看會不會是小孩子不在了，他們就把這裡關閉了？」

「你看。」路克手指著。育嬰室門口走廊的兩個角落，分別安置了兩個咧著嘴笑的小孩頭；意義很明顯，就是代表育嬰室的歡樂裝飾，可是這兩個頭也和裡面的動物畫一樣，毫無歡樂可言。那兩張歪曲的笑臉，分開的視線，它們的焦點竟都鎖定在那一個冰冷的定點上。「只要站在他們看得見你的地方，」路克特別做解說，「他們就會把你凍住。」

出於好奇，博士也走到走廊跟他一起抬頭看。「別把我們兩個留在這裡，」狄歐朵拉跟著衝出育嬰室，一手拉著伊蓮娜衝過冷點，經過冷點時的感覺就像突然被摑了一巴掌，又像有人貼身哈了一口冷氣。「真是個冷凍啤酒的好地方。」她說著，對那兩個笑臉吐了吐舌頭。

「我一定要把這件事詳細的記下來。」博士開心的說。

「這個冷並不客觀，」伊蓮娜說，這個用詞很怪，因為連她自己也不太確定她指的是什麼。「我覺得它是蓄意的，就好像有什麼東西故意很不客氣的想要給我一個驚嚇。」

「大概是因為這兩張臉吧，我想。」博士說，他手腳並用的跪下來，感覺著地板。「量尺和溫度計，」他自言自語的說，「用粉筆畫出輪廓；或許到了晚上這個冷度會更強？情況一定會變得更糟，」他看著伊蓮娜，「如果老是認為有什麼東西在看著你。」

⑳ Borley Rectory，英國最著名的鬼屋，建於一八六二年，一九三九年發生火災，一九四四年全毀。

路克全身哆嗦著穿過冷點，把育嬰室的門關上。他連跳帶蹦的回到走廊，彷彿以為只要不碰著地板就能避開那個冷點似的。育嬰室的門一關上，大夥發現光線立刻變得前所未有的暗，狄歐朵拉不安的說：「我們快下樓去小客廳吧；我覺得那些山丘都逼過來了。」

「過五點，」路克說，「雞尾酒時間。看樣子，」他對博士說：「今晚你又得靠我為你調一杯雞尾酒了吧？」

「苦艾酒太重了點。」博士跟在他們後面，偏過頭依依不捨的看著那扇育嬰室的門。

5

「我提議，」博士放下餐巾說，「我們把咖啡帶到小客廳去喝。那裡的爐火特別舒服。」

狄歐朵拉格格的笑著。「達利太太走了，我們趕快把門窗全部打開，把架子上的東西全部拿下來——」

「她不在的時候這房子好像就不一樣了。」伊蓮娜說。

「更加冷清。」路克看著她點點頭。他把幾隻咖啡杯放上托盤，而博士已經不管三七二十一的動手把所有的門打開，用門擋撐住。「每天晚上我都會突然意識到這裡就只有我們四個人。」

「雖然達利太太不是個很好親近的人——很奇怪，」伊蓮娜垂眼看著餐桌，「我跟你們一樣也不怎麼喜歡達利太太，可是我的母親，她絕對不讓我把這一桌子的髒亂留到明天早上才來收拾，她絕對不准的。」

「她在天黑前就要離開這裡，那只有等到早上再來收拾了。」狄歐朵拉不感興趣的說。「我當然不會做這些事。」

「桌子髒兮兮的放著不管不太好吧。」

「你也搞不清楚這些餐具該擺在哪個架子上，到時候她還得重做一遍，把你留下來的手指印全部擦掉。」

「如果我只是把這些銀器浸泡——」

「不要啦。」狄歐朵拉一把抓住她的手。「你想一個人進廚房，背對著那些門嗎？」

「不想。」伊蓮娜說著，把收攏來的一把叉子放下。「我真的不想。」她於心不忍的看著餐桌，看著那些皺成一團的餐巾和路克位置上潑灑的酒漬，她搖搖頭。「我不知道我母親會怎麼說。」

「走吧。」狄歐朵拉說。「他們還為我們開著燈呢。」

小客廳的爐火明亮，狄歐朵拉在咖啡托盤旁邊坐下，路克把前一晚仔細收好的白蘭地從酒櫃裡取出來。「我們無論如何都要開開心心的。」他說。「今晚我要再挑戰你，博士。」

晚餐前他們把樓下別的房間裡一些舒服的椅子和檯燈統統搜刮過來，現在這個小客廳成了整棟房子裡最討喜的房間了。「大山厝對我們真的很好。」狄歐朵拉說，她把咖啡遞給伊蓮娜，伊蓮娜坐在一張塞滿了靠枕的軟墊座椅上。「沒有骯髒的碗盤需要伊蓮娜清洗，又有很好的同伴共度愉快的夜晚，說不定明天就會出太陽了呢。」

「我們來規畫一下野餐吧。」伊蓮娜說。

「我在大山厝肯定會變得又肥又懶，」狄歐朵拉繼續的說著。她一再提起大山厝的名號令伊蓮娜很不舒服。感覺上她好像是故意的，伊蓮娜想著，好像故意告訴這棟房子她知道它的名諱，故意叫它的名，告訴它我們在這裡——是虛張聲勢嗎？「大山厝，大山厝，大山厝，」狄歐朵拉輕柔的喚著，笑看著伊蓮娜。

「告訴我，」路克彬彬有禮的對狄歐朵拉說，「既然你是一位公主，那就請你來談談貴國目前的政局。」

「非常不穩定。」狄歐朵拉說。「我逃出來的原因是我父親，也就是國王，他堅持要我嫁給黑麥可，這個人根本在覬覦王位。我，當然，無法忍受黑麥可那副德性，戴著一枚金耳環，老是拿馬鞭抽打馬伕。」

「真是不穩定到極點的一個國家。」路克說。「你用什麼辦法逃出來的？」

「我假扮擠牛奶的女工，躲在運乾草的車子裡逃出來的。他們完全沒想到我會躲在那裡，我帶了在樵夫的小茅屋裡偽造的證件通過了邊界。」

「毫無疑問的，那位黑麥可現在想必已經占地為王了？」

「毫無疑問。他要就給他吧。」

很像是在牙醫的候診室等著看診似的，伊蓮娜想著，她從咖啡杯的邊緣看著他們；在牙醫的候診室裡，聽著別的病人在那裡膨風吹牛，反正，遲早你們都得去見牙醫，一個也跑不掉。她突然抬起頭，驚覺博士走近她，臉上帶著一副不太確定的笑容。

「很緊張？」博士問，伊蓮娜點點頭。

「因為我不知道究竟會發生些什麼。」她說。

「我也是。」博士拉了一張椅子過來坐到她邊上。「你是不是有預感會有什麼——不管是什麼——不久就會發生，是嗎？」

「是的。所有的一切好像都在等待著。」

「他們——」博士朝著狄歐朵拉和路克點了點頭，這兩個人正笑得起勁。「他們有他們碰上它的方式；我不知道它究竟會對我們怎樣。一個月前我絕對沒想到會有現在這樣的狀況，我們四個人坐在一起，在這棟房子裡。」他沒有提到它的名字，伊蓮娜特別注意到了。

「我等這一天等了好久，」他說。

「你覺得我們待在這裡對嗎？」

「對？」他說。「我覺得我們待在這裡簡直愚蠢到不可思議。我覺得在這種氛圍裡，一個人輕易就能發現我們幾個的缺陷破綻和弱點在哪裡，然後幾天之內就能把我們各個擊破。我們的防護只有一個，就是逃。至少它沒辦法追蹤我們，對吧？只要覺得苗頭不對，我們就可以離開，我們怎麼來就怎麼走。而且，」他冷冷的補上一句，「能走多快就走多快。」

「可是我們事先都受到過警告了，」伊蓮娜說，「我們四個一起。」

「我已經跟路克和狄歐朵拉提過這件事了。」他說。「你一定要答應我，只要開始覺得這房子在對你『出手』的時候，你就要盡快的離開。」

「我答應。」伊蓮娜微笑著說。他在給我力量，希望我變得更勇敢，她感恩的想著。

「沒事的，」她對他說，「真的，沒事的。」

「我會毫不猶豫的把你送走，」他站了起來，「在必要的時候。路克？」他說，「我們向女士們告退吧？」

兩個男人擺上了棋盤和棋子，狄歐朵拉拿著咖啡杯，在房間裡四處晃蕩，伊蓮娜想著，她的一舉一動像極了動物，緊張機警；只要空氣中有一絲絲的騷動，她就沒辦法安靜的坐著。大家都心神不寧。「來坐到我旁邊。」她說，狄歐朵拉優雅輕盈的走過來，在就坐之前還轉了一個圈。她坐在博士方才坐過的那張椅子上，疲倦的把頭往後一靠；她好可愛，伊蓮娜想著，那麼隨興，又隨興得那麼可愛。「你累了嗎？」

狄歐朵拉轉過頭，微微一笑。「我受不了等太久。」

「我剛剛還在想，你看起來好放鬆。」

「而我剛剛還在想著——這是哪時候的事？前天？——我想不通我怎麼會讓自己離開那兒來到這兒。可能是想家了吧。」

「這麼快？」

「你有沒有想過家？如果大山厝是你的家，你會想念它嗎？那兩個小女孩被帶走的時候，她們有沒有為這棟黑暗陰沉的房子哭泣過？」

「我從來沒出過遠門，」伊蓮娜謹慎的說，「所以我好像也沒想過家。」

「現在呢？你的小公寓？」

「或許，」伊蓮娜凝視著火光，「我在那裡的時間太短，我還不認為那是我的家。」

「我想念我自己的床。」狄歐朵拉說，伊蓮娜想著，她又在鬧脾氣了；每次只要餓了，累了，煩了，她就會變成一個小貝比。「我好睏。」狄歐朵拉說。

「過十一點了。」伊蓮娜說，她轉身看著下棋的兩個人，博士爆出勝利的歡呼，路克哈哈大笑。

「怎麼樣，先生。」博士說，「怎麼樣，先生。」

「我認輸。」路克說。他開始把棋子收進盒子裡。「為什麼我不能帶一杯白蘭地上樓呢？一來可以助眠，二來可以壯膽之類的。說實在——」他笑笑的望著狄歐朵拉和伊蓮娜，「我打算看一點書再睡。」

「你還在看《潘蜜拉》嗎？」伊蓮娜問博士。

「第二冊。一共有三大冊，我現在要開始看《克萊麗莎．哈洛》㉑了。或許路克可以先借——」

「不必，謝謝。」路克接得飛快。「我帶了滿滿一箱的懸疑小說。」

博士朝四周掃了一圈。「讓我看看，」他說，「爐火上罩了，燈關了。這些房門就留到明天早上讓達利太太來關吧。」

四個人一個接一個，疲倦的走向大樓梯，一路走一路關燈。「對了，大家都帶手電筒了嗎？」博士問，大夥點點頭，現在，他們的睡意已經強過了周遭黑暗的浪潮，如潮水般的黑暗正隨著他們漫上了大山厝的樓梯。

「晚安，各位。」伊蓮娜推開了藍室的門說。

「晚安。」路克說。

「晚安。」狄歐朵拉說。

「晚安。」博士說。「一夜好睡。」

6

「來了，媽媽，來了，」伊蓮娜摸索著電燈開關。「好了，我就來了。」伊蓮娜，她聽得很清楚，**伊蓮娜**。「來了，來了，」她不耐煩的嚷著，「等一下，我就來了啦！」

「伊蓮娜？」

忽然她意識到了，這下她完全嚇醒了，她全身冷得發抖，很清醒的，她下了床：**我現在是在大山厝**。

「什麼事？」她大聲喊。「什麼事？狄歐朵拉？」

㉑ Clarissa Harlowe或The History of a Young Lady，書信體小說，英國作家塞繆爾·理查森出版於一七四八年的作品。

「伊蓮娜？在這裡。」

「來了。」來不及開燈；她踢翻了一張桌子，碰撞的聲音令她有些疑惑，她稍微費了點力氣找到浴室相連的那扇門。那不是桌子翻倒的聲音，她想；那是母親在敲打牆壁。狄歐朵拉的房間裡亮著溫馨的燈光，狄歐朵拉坐在床上，蓬著一頭糾結的亂髮，受了驚嚇的眼睛瞪得好大；我八成也是這副樣子，伊蓮娜想。她說：「我來了，怎麼回事？」——這次她聽見了，聽得非常真切，雖然從她驚醒的那一刻起她就聽見了。「怎麼回事？」她小小聲的說。

她慢慢的坐上狄歐朵拉的床腳，她對自己的鎮定感到奇怪。好了，她想，好了。這只是一個聲音，而且很冷，冷得要命。這個聲音在走廊，在很遠的那一頭，靠近育嬰室的門，很冷，不是，「不是」我母親在敲牆壁。

「有東西在敲門。」狄歐朵拉用十分理性的口吻說。

「就是這樣。大概就在走廊的另一頭。路克和博士很可能已經在那邊了，在那邊查看究竟了。」一點都不像我母親敲牆的聲音；我一定又在做夢。

「砰砰。」狄歐朵拉說。

「砰。」伊蓮娜吃吃的笑著說。我很鎮定，她想，可是好冷；這個聲音只是碰門的聲音，一聲接一聲；我害怕的就是這個嗎？「砰」這個字用得最恰當了；這就像一般小孩子會做的事，它跟一般母親敲牆壁求救的聲音不同，不管怎樣，路克和博士一定在那兒了；難道這就是人家說的，背後一涼的感覺？因為這種感覺很不愉快；它先從肚子發作，像波浪似的一陣接一陣，忽上忽下，就像什麼東西活過來了。就像什麼東西活過來了。對。就像什麼東西活過來了。

「狄歐朵拉，」她閉上眼，咬緊牙關，兩手環抱著自己。「愈來愈近了。」

「只是一個聲音，」狄歐朵拉說，她挪到伊蓮娜身旁緊緊的挨著她。「它會有回聲。」它聽起來，伊蓮娜想，好像一個很空洞的聲音，一聲空洞的「砰」，彷彿有什麼東西在用一只鐵壺拍著房門，或許是一根鐵條，也或許是一只鐵手套。它很規律的拍打了一會兒，忽然變得比較輕柔起來，然後又開始急躁，似乎很有計畫的沿著走廊盡頭一扇門接一扇門的拍過來。遠遠的，她好像聽見路克和博士的說話聲，好像是從底下什麼地方傳上來的。她想，**那就表示他們根本不是跟我們在一起**，她聽見鐵器的拍打聲已經到了離她們非常近的一扇房門。

「也許它會繼續朝走廊另一頭走過去。」狄歐朵拉小聲說，伊蓮娜覺得這應該是這次怪異經驗中最怪異的部分了，狄歐朵拉應該也有同感。「不對。」狄歐朵拉說，她們聽見對面走廊拍門的聲音。更加大聲，簡直震耳欲聾，它就在敲她們隔壁的房門（它在走廊左右遊走嗎？它用腳在地毯上走嗎？它舉起手來拍門嗎？），伊蓮娜翻身下床，奔過去兩手抵著門。

「走開，」她拚了命的狂喊。「走開，走開！」

徹底的靜默，伊蓮娜把臉貼在門上，心想，看我做的「好事」；它就是在找有人在的房間啊。

冷慢慢的逼過來，瀰漫了整個房間。這樣的安靜，任誰都會以為大山厝裡的人早已安然入睡，就在這時候，伊蓮娜突然一個轉身，狄歐朵拉的牙齒在打顫，伊蓮娜哈哈大笑。「真是個大寶貝啊你！」她說。

「我好冷，」狄歐朵拉說。「要命的冷。」

「我也是。」伊蓮娜拿綠色的被子裹住狄歐朵拉，再拿狄歐朵拉暖和的睡袍穿在身上。「現在暖和一些了嗎？」

「路克在哪裡？博士在哪裡？」

「我不知道。你現在暖和一些了嗎？」

「沒有。」狄歐朵拉抖個不停。

「我一會兒就去走廊上叫他們，你——」

它又開始了，就好像它一直在傾聽，等著聽她們說話的聲音，聽她們在說什麼，從聲音辨識她們，打探她們會用什麼法寶來對付它，聽她們是否在害怕。忽然伊蓮娜又跳回床邊，狄歐朵拉屏住氣放聲大叫，鐵器的敲擊聲敲上了她們的房門，兩個人睜大了眼驚恐的向上看，捶打的聲音出現在房門頂上，這個高度她們根本搆不到，就算路克和博士也搆不到，那股莫名的，陰邪的寒氣不斷從門外一波一波的湧進來。

伊蓮娜動也不動的站著，盯著房門。她真的不知道該怎麼辦，雖然她相信自己現在的思緒並不亂，也沒有超乎尋常的恐懼感，最多就跟她做的那些最可怕的噩夢差不多。真正困擾她的不是聲響，而是冷；背脊上好像有無數冰冷的小手指在爬，甚至連狄歐朵拉那件暖和的睡袍也敵它不過。最聰明的做法，或許，就是直接走過去把門打開；這，或許，就應了博士所謂純科學探索的觀點了。伊蓮娜心裡明白，就算她的腳走得到門邊，她的手也舉不上門把；她很公正，很客觀的告訴自己，沒有任何一個人的手願意去碰那個門把；這雙手不是用來做這種工作的，她告訴自己。她的身子稍微搖晃，門上每響一次，她就往後退一點，現在她靜止不動，因為響聲漸漸消退了。「我要找管理員投訴暖氣有問題。」狄歐朵拉在她身後說。「它停了？」

「沒，」伊蓮娜的口氣很嚇人，「沒。」

它已經找到了她們。現在，既然伊蓮娜不肯開門，它就要用自己的方式進來了。伊蓮娜大聲的說：「我終於明白人為什麼會尖叫，我現在要開始叫了。」狄歐朵拉說：「只要你叫我就叫。」她忽然放聲大叫，伊蓮娜迅速轉身回到床上，兩個人緊緊抱在一起，一聲不吭的聽著。門框四周響起小小的拍擊聲，細碎的摸索的聲音，在感覺房門的每個邊緣，在試圖找一個潛進來的空隙。門把在動，伊蓮娜悄悄的問：「上鎖了嗎？」狄歐朵拉點點頭，緊接著，她瞪大了眼盯著那扇浴室相通的門。「我那邊也鎖了。」伊蓮娜貼在她耳邊說，狄歐朵拉閉起眼睛鬆了口氣。死纏爛打的小聲音繼續在門框上繞，然後，彷彿外面那個東西發怒了，砰砰的拍擊聲又開始了，伊蓮娜和狄歐朵拉看見門板震動起來，門鍊開始移位。

「你不可以進來。」伊蓮娜激動的說，又是一陣靜默，好像這棟房子很專注的在聽她說話，它聽得懂，而且帶著戲謔的態度，得意的等著。一陣細小的，吱吱咯咯的笑聲出現了，忽然就傳遍了整個房間，笑得有些狂妄，聲氣小得像是耳語，伊蓮娜聽見它就在她的後背上上下下的竄著，兀自得意的笑聲掠過她們兜著這棟房子打轉。這時，她聽見博士和路克在樓梯口喊叫的聲音，謝天謝地，總算結束了。

回歸到了正常的寧靜，伊蓮娜呼吸發抖，動作僵硬。「剛才我們兩個抱得就像迷路的小孩。」狄歐朵拉鬆開勾在伊蓮娜脖子上的臂膀。「你穿著我的睡袍。」

「我忘了拿自己的。真的結束了？」

「今晚，應該是吧。」狄歐朵拉肯定的說。「你不覺得嗎？你現在不是又暖和起來了？」

令人難以忍受的冷消失了，只是看著房門，伊蓮娜覺得背後仍然存著那麼一點涼意。她扯著睡袍上打的死結，說：「有違常理的冷是驚嚇的徵候之一。」

「有違常理的驚嚇是我得到的徵候之一。」狄歐朵拉說。「路克和博士過來了。」他們的聲音就在外面走廊上，兩個人話說得又急又快，伊蓮娜把狄歐朵拉的睡袍攤在床上說：「天哪，別讓他們敲這扇門——再敲一次我就完了——」她奔回自己的房間去拿睡袍。她聽見狄歐朵拉在跟他們說稍待一會，她聽見她走過去開門，接著是路克的聲音，他輕快的對狄歐朵拉說：「啊呀，你怎麼看起來像見到鬼一樣。」

伊蓮娜再回到狄歐朵拉的房間，她發現路克和博士兩個人穿戴整齊，她忽然覺得從現在起這是個好主意；如果這個有違常理的冷再度出現，「它」就會發現伊蓮娜是穿著厚毛衣和羊毛套裝在睡覺；她想，就算達利太太因為發現這位女客人穿著厚皮鞋和羊毛襪躺在乾淨的床上而數落她，她也不在乎。「啊，」她問，「你們兩位男士對於住在一棟鬼屋裡的感覺如何？」

「不賴啊，」路克說，「非常之好。它給了我半夜喝酒的好藉口。」他拎著白蘭地酒瓶和幾只杯子，伊蓮娜覺得他們真是臭味相投的一個小團體，四個人，凌晨四點，坐在狄歐朵拉的房間裡，喝著白蘭地。四個人輕鬆的說著話，不時的投給對方一個捉摸不定，又帶點好奇的眼神，每個人都在推敲另外幾個人的心思和恐懼，看能不能從對方的臉上、姿態上探出一些端倪，會不會因為一些不設防的弱點而瀕臨崩潰。

「我們在屋子外面的時候這裡有沒有發生什麼事？」博士問。

伊蓮娜和狄歐朵拉互相對看，放聲大笑，這個笑聲跟歇斯底里或驚恐完全沾不上邊。過了一會，狄歐朵拉很正經的說：「沒什麼特別的事。有人拿一枚砲彈在敲房門，想進來吃掉我們，我們不肯開門，它就笑到快死了。不過都還好。」

出於好奇，伊蓮娜走過去打開門。「我還以為整扇門都要散了，」她一臉困惑，「木頭上居然一道刮痕也沒有，別的門上也沒有；光滑得不得了。」

「沒留下刮痕真好。」狄歐朵拉把白蘭地酒杯遞向路克。「要是這棟老房子受了傷，我可是會很難受的。」她對伊蓮娜咧著嘴笑。「小娜都快尖叫了。」

「你也是。」

「沒這回事；我是奉陪。更何況，達利太太早說過了，她不會來的。你們去哪裡了，我們的神勇保護人？」

「我們在追一隻狗，」路克說，「至少是很像一隻狗的動物。」他忽然停住，然後很勉強的接下去說：「我們一路追到了外面。」

狄歐朵拉瞪著眼，伊蓮娜說：「你的意思是牠本來在裡面？」

「我看見牠跑過我的房門口，」博士說，「只瞄到一眼，就跑掉了。我叫醒路克，我們追著牠下樓梯跑進院子到屋子背後就不見了。」

「前門開著？」

「沒有，」路克說，「前門關著。其他的門也都關著，我們檢查過了。」

「我們四處晃了好一陣子。」博士說。「怎麼都沒想到你們兩位醒著，直到後來聽見你們的聲音。」他口氣一沉。「有件事我們沒有考慮到——」他說。

大家疑惑的看著他，他擺出演講的派頭查看著自己的手指。「第一，」他說，「很明顯的，我和路克比你們兩位女士醒得早；我們上上下下，進進出出了兩個多小時，在忙著追就容許我稱之為一場徒勞無功的追逐吧。第二，我們兩個誰也沒——」他說到這裡用帶著問號的眼光瞟了路克一眼，「沒聽見樓上有任何動靜，一直到你們的聲音出現。周遭安靜得不得了。也就是說，在你們房門上捶打的聲音我們一點都沒聽見。等到我們放棄夜巡，決定上樓的時候，顯然就把等候在你們門外的某個東西趕跑了。你們看，現在我們大家一起坐在這裡，一切都很平靜。」

「我還是不明白你的意思。」狄歐朵拉皺著眉頭說。

「我們一定要預做防備。」他說。

「防備什麼？怎麼做？」

「當我和路克被召去外面的時候，你們兩個仍舊困在裡面，這不就是——」他的聲音平靜到了極點，「這不就擺明了，目的是要隔開我們嗎？」

第五部

1

看著鏡子裡的自己，朝陽使得大山厝的藍室也變得清新亮麗起來，伊蓮娜想著，這是我在大山厝的第二個早晨，我快樂得超乎想像。漂泊止於情人的相遇；我整整一宿沒睡，我說了好多謊話，做了好多傻事，連呼吸的空氣都像醇酒。我被嚇得半死，大半都是自己在嚇自己，可是我也從中賺到了不少樂趣；我等待這些已經等待得太久了。放棄掉相信了一輩子的信念，以為一旦把快樂說出口就會見光死，她對著鏡子微笑，默默的告訴自己，你很快樂，伊蓮娜，你終於獲得了你該有的一份快樂。她別開視線，衝動的想著，漂泊止於情人的相遇。

「路克？」是狄歐朵拉，在外面走廊上叫著。「昨晚你帶走了我一只襪子，你是個沒品的賤賊，我希望達利太太能聽見我這句話。」

伊蓮娜隱約聽到路克的回應；他抗議說一位紳士應該要有受到女士尊重的權利，他絕對相信達利太太聽得一清二楚。

「伊蓮娜？」這會兒狄歐朵拉在敲浴室相通的那扇門。「你醒了嗎？我可不可以進來？」

「當然可以，進來吧。」伊蓮娜說，她看著鏡子裡的自己。你值得的，她告訴自己，這是你花了一輩子的時間賺來的。狄歐朵拉開了門快活的說：「今天早上你好漂亮啊，我的娜娜。這種怪異的生活特別適合你。」

伊蓮娜對她笑著；這種生活顯然也很適合狄歐朵拉。

「我們應該看起來帶著黑眼圈，一臉的痛苦失望才對。」狄歐朵拉一手攬著伊蓮娜，挨在她身邊照著鏡子，「看看我們——兩個嬌豔欲滴的青春美少女。」

「我三十四歲了。」伊蓮娜說，不知道為什麼她給自己憑空加了兩歲。

「你看起來像十四歲。」狄歐朵拉說。「走吧；我們去賺一頓早餐吧。」

兩人笑著，跑下樓梯，穿過遊戲室進入餐廳。「早，」路克愉快的說。「各位睡得可好？」

「好極了，謝謝你。」伊蓮娜說。「睡得像個嬰兒。」

「有一點聲響，」狄歐朵拉說，「不過這些老房子一定會這樣的。博士，今天早上我們要做什麼？」

「唔？」博士抬起頭。只有他看上去很疲憊，但是眼睛裡有著跟他們一樣的神采；那是興奮，伊蓮娜想著；大家都很盡興。

「巴勒辛老屋。」博士一個字一個字的說，就像在細細品味這些字句。「波利萊多里。葛萊米斯古堡㉒。一個人能有機會身歷其境，真是不可思議，絕對的不可思議。我幾乎不敢相信。我懂了，我開始隱約的領略到你們神通的樂趣了。現在我要來一點橘子果醬，幫忙遞一下。謝謝。我太太肯定不會相信我的話。食物有了一種全新的滋味——各位有沒有同感？」

「大概是達利太太在努力超越自己吧，我懷疑。」路克說。

「我一直努力的在回憶，」伊蓮娜說。「昨天晚上的事，我指的是。我記得我好像受了驚嚇，可就是想不起是不是真的受到驚嚇——」

「我記得那個冷。」說著狄歐朵拉又打了個冷顫。

「我想可能是因為很不真實，完全不是我平常習慣的那種思考模式——我的意思是，不合常理。」伊蓮娜住了口，尷尬的哈哈一笑。

「我贊同。」路克說。「今天早上我發現我在自言自語的說著昨晚發生的事；這叫做噩夢倒檔，你不斷告訴自己其實什麼也沒有真正的發生過。」

「我覺得好刺激。」狄歐朵拉說。

博士警告性的豎起一根指頭。「極有可能這一切都是地下水在作祟。」

「那就應該把更多的房子都蓋在隱祕的水源上才對。」狄歐朵拉說。

博士眉頭一皺。「這個刺激令我很困擾。」他說。「當然，它令人興奮，但是它不也有危險嗎？大山厝的一個氛圍效應？這——在某種程度上來說——會不會是讓我們陷入魔咒當中的第一個徵兆？」

「那我一定就是被施了魔法的公主。」狄歐朵拉說。

「但是，」路克說，「如果昨晚真是大山厝耍的招數，那我們就不會有什麼太大的麻煩了；沒錯，我們受了驚嚇，在事發當時確實是很不愉快的一個經驗，但就我的記憶，並沒有感受到任何『身體上』的危險；甚至狄歐朵拉提到她房門外的東西打算進來把她吃掉的事，似乎也沒有真正——」

「我明白她的意思，」伊蓮娜說，「在當時我覺得只有這個說法最恰當。當時的感覺就是它想要吃掉我們，把我們收進它的肚子裡，把我們變成這棟房子的一部分，也許吧——天哪！我以為我知道自己要說什麼，可是說得糟透了。」

「不可能會有身體上的危險。」博士肯定的說。「在長遠的鬼魂史裡面，沒有哪一個

㉒ Glamis Castle，十四世紀存在至今的古堡，位於蘇格蘭葛萊米斯村，傳說古堡中有怪物。

鬼實際的傷害過任何人。傷害的唯一可能都是受害者自己造成的。甚至也不能隨便說鬼魂會攻擊人的心智，因為心智、意識、思想是攻不破的；我們坐在這裡高談闊論，但是在我們的『顯』意識裡，絲毫沒有相信有鬼的想法。即使經過了昨天晚上，我們當中沒有一個人會毫無罣礙，不帶一點尷尬的笑容，直接說出『鬼』這個字。是的，靈異的惡就在於它會攻擊人心最脆弱的點，在我們對迷信棄甲曳兵，又沒有其他代替性的防護措施的時候。我們沒有一個人很理性的思考過昨天夜裡跑過花園的是一個鬼，在敲房門的是一個鬼，然而，昨天夜裡大山厝確確實實有東西在作祟，心智上出於本能的那道防線——自我懷疑——就此崩壞了。我們誰也不能說『那是我的幻想』，因為另外三個人也在場。」

「我可以說，」伊蓮娜笑笑的插嘴說，「你們三個全部是我的幻想；沒有一個是真實的。」

「如果我把你的話當真，」博士嚴肅的說，「今天早上我就該把你攆出大山厝。因為在心態上你已經太超過了，你已經和大山厝的詭譎情同手足了。」

「他的意思是他認為你瘋了，親愛的娜娜。」

「喔，」伊蓮娜說，「我想也是。如果我非得要站在大山厝這邊來對抗你們三個，那我希望你們還是把我送走吧。」為什麼是我，她想不透，為什麼會是我？難道我是公共的道德良心嗎？總是要由我來說出一些其他人，因為自命清高，不敢說出口的冷話？難道我就應該是最脆弱的一個，比狄歐朵拉脆弱？在我們四個人當中，她想著，我看起來肯定是最不像會唱反調的一個。

「愛捉弄人的頑皮鬼又另當別論。」博士說，他的眼睛在伊蓮娜身上短暫的停了一下。「他們喜歡跟實際有形的世界打交道；他們扔石頭，他們移動物件，他們摔破碗盤；波利萊多里的法耶斯特太太就是一個長期飽受捉弄的女人，不過到最後，在她最好的一只茶壺被擲出窗口的時候，她還是光火了。頑皮鬼，說實在，是靈異界層級上的最低級；他們只是一股沒有導向的力量。你們記得嗎？」他微微一笑，「王爾德[23]寫過一個很可愛的故事，〈老鬼當家〉[24]？」

「大敗英國老鬼的一對美國雙胞胎。」狄歐朵拉說。

「沒錯。我很喜歡這個故事的概念，那一對美國雙胞胎實際上就是頑皮鬼的現象；當然，愛搗蛋的頑皮鬼搶盡了風頭，使得其他一些有趣的靈異現象大為失色。壞的鬼趕跑了好的鬼。」他樂得拍拍手。「連帶把別的東西也全部趕跑了。」他再做補充。「蘇格蘭有一個莊園，頑皮鬼猖獗，一天之內會有十七次自動自發的火災；這些頑皮鬼喜歡推床腳，硬生生

[23] Oscar Wilde，1854-1900，愛爾蘭作家、詩人、劇作家。

[24] The Canterville Ghost，一八九一年出版Lord Arthur Savile's Crime and Other Stories裡的一個短篇。

的把人從床上推下來。我還記得有個案例，一位牧師因為受不了頑皮鬼的折磨，最後逼得他離家出走，因為那個頑皮鬼從他對手的教堂裡偷了一本讚美詩，他用這本詩集每天砸牧師的頭。」

突然，沒來由的，一陣笑聲在伊蓮娜的身體裡顫動；她想跑到餐桌的主位擁抱博士，她想到草坪上翻滾喊叫，她想繞著大山厝的每個房間歌唱喊叫，誇張的手舞足蹈；我來了，我來了，她想著。她快活的閉上眼睛，又矜持了一下的對博士說，「我們今天要做什麼？」

「你們還是像一群孩子，」博士也面帶笑容。「總是問我今天要做什麼。你們難道不會自己去玩玩具嗎？或是大家一起玩？我要忙我的事。」

「我真正最想做的是——」狄歐朵拉咯咯的笑著，「滑樓梯欄杆。」一如伊蓮娜，她的心情也歡樂無比。

「捉迷藏。」路克說。

「盡量不要一個人亂晃。」博士說。「我也說不出什麼理由，不過總覺得不太好。」

「因為樹林裡有熊。」狄歐朵拉說。

「閣樓上有老虎。」伊蓮娜說。

「塔樓裡有老巫婆，客廳裡有龍。」

「我是很認真的。」博士笑呵呵的說。

笑。

「現在十點。我來收——」

「早安，達利太太。」博士說，伊蓮娜和狄歐朵拉和路克往後一靠，莫名其妙的哈哈大笑。

「我十點來收拾。」

「我們不會拖太久的。再十五分鐘，拜託，再十五分鐘你就可以收拾桌子了。」

「我十點收早餐。我一點上午餐。我六點上晚餐。現在十點。」

「達利太太。」博士口氣嚴厲起來，就在這時候，他瞧見了路克拚命憋住笑的臉孔，於是只好拿起餐巾遮住眼睛，棄械投降。「你就收拾餐桌吧，達利太太。」博士支支吾吾的說。

他們簡直樂壞了，連續不斷的歡笑聲迴盪在大山厝的走廊上，在客廳的大理石雕上，甚至傳到了樓上的育嬰室，塔樓頂端的小塔尖，他們順著原路回到小客廳，倒在座椅上，仍然笑個不停。「我們不應該拿達利太太開玩笑。」博士身子向前傾，臉埋在手裡，肩膀不停抖動。

四個人笑了好一陣子，連話也說不周全了，只能一個勁的用手指指著對方，他們的笑聲撼動了大山厝，到最後，終於笑得累了，笑得動不了了，他們才癱軟的靠在椅背上，互相的看來看去。「現在——」博士才開口，又被狄歐朵拉哈的一聲給打住了。

「現在，」博士再度開口，這次正經多了，大夥安靜下來。「我想再來杯咖啡。」他愉快的說。「各位有興趣嗎？」

「你是說直接跑去問達利太太？」伊蓮娜問。

「就直接去找她啊，現在既不是一點也不是六點，我們只是想跟她要一杯咖啡不行嗎？」狄歐朵拉說。

「照理說，是可以的。」博士說。「路克，根據我的觀察，你已經深得達利太太的喜愛——」

「什麼？」路克錯愕的問，「你從哪裡觀察出這種不可能的事？達利太太看見我就像看見架子上有個盤子沒擺正那樣的討厭；在達利太太的眼裡——」

「你，畢竟是這棟房子的繼承人，」博士拿好話哄他。「達利太太對你的感覺就像一個老管家對年輕主子的感覺。」

「在達利太太眼裡我比掉在地上的一把叉子還要低下。我求求你了，如果你真有心要去找那老傢伙要什麼東西，派狄歐去，或者我們這位迷人的娜娜。她們不怕——」

「不要。」狄歐朵拉說。「你不能派一個無助的女性去面對達利太太。我和娜娜在這裡是要受保護的，不是替你們這樣的懦夫做擋箭牌的。」

「博士——」

「亂來。」博士老實不客氣的說。「你總不至於想到找我這個老人家吧;更何況,你明知道她喜歡你。」

「這個厚顏無恥的老賊,」路克說。「為了一杯咖啡就把我犧牲掉。各位不必感到意外,我醜話說在前面,如果為了這件事而失去了你們的路克,各位不必感到意外;因為,或許達利太太現在還沒吃她的餐前點心,她剛好可以來一道奶油香煎路克菲力,或者蔬菜燉肉,就看她的心情吧;如果我一去不回——」他一根手指警告性的在博士的鼻尖底下來回擺動,「那我可要懇求你務必對今天的午餐抱持著最嚴重的懷疑。」他誇張的一鞠躬,一副準備前去殺伐巨人的架式,關上了門。

「可愛的路克。」狄歐朵拉伸了一個大大的懶腰。

「可愛的大山厝。」伊蓮娜說。「狄歐,側花園好像有一間小涼亭,長滿了野草;我昨天看到的。我們今天去冒個險好嗎?」

「樂意之至。」狄歐朵拉說。「大山厝的每一吋我都不會放過。再說,這麼好的天氣當然不能待在屋子裡。」

「我們叫路克一起來。」伊蓮娜說。「你呢,博士?」

「我的筆記——」博士才開口就停住,因為門突然的打開了,伊蓮娜原以為路克到底還是不敢面對達利太太,不料路克站在那裡,按著門,默不吭聲;看著他發白的臉,聽著博士氣急敗壞的說：「我破壞了我自己訂的第一條規則；我派他單獨一個人過去。」她發現自己只是一再重複的追問著：「路克你怎麼了？路克？」

「沒事。」路克甚至還面帶微笑。「你們到門廳這邊的長廊來一下。」

他的臉，他的聲音，他的笑容太嚇人了，大夥默默的站起來跟隨他走出來，走進那條通往門廳的黑暗長廊。「就在這裡。」路克說，伊蓮娜看著路克亮起一根火柴舉到牆壁上，她感覺有一絲寒意在她的背脊上迂迴曲折。

「這是——手寫的？」伊蓮娜湊近看著說。

「手寫的。」路克說。「起先我根本沒發現，回來的時候才看到。達利太太說不行。」

他忽然補上一句，他的聲音緊繃。

「我的手電筒。」博士從口袋抽出手電筒，在手電筒的強光底下，他慢慢的從長廊這一頭走到另外一頭，字體非常清晰。「粉筆，」博士說，他靠近用指尖碰了碰字體，「用粉筆寫的。」

字寫得很大很散漫，就是要讓人看見的意思，伊蓮娜想，很像是一些頑皮的孩子在圍牆上的塗鴉。事實不然，它們的確是字，歪歪斜斜的寫在厚實的壁板上。一個個的字母從長廊這頭延伸到那頭，字體超大，即使她退到對面的牆壁也不太容易辨認。

「你能不能把它唸出來？」路克輕輕的問，博士移動著手電筒，很慢很慢的讀著：**幫助**

伊蓮娜回家。

「不。」伊蓮娜覺得這幾個字卡在她喉嚨裡；博士在讀的時候她已經看見了自己的名字。上面是我的名字，那麼的清楚；我不應該出現在這棟房子的牆壁上啊。「擦掉它，拜託。」她說，她感覺狄歐朵拉攬著她的肩膀。「真是瘋了。」伊蓮娜簡直不知所措。

「說得好，瘋了，沒錯。」狄歐朵拉激烈的說。「回小客廳去坐著，娜娜。路克會想辦法把它擦掉的。」

「這真是瘋了。」伊蓮娜再回頭看牆上她的名字。「為什麼——？」

博士穩穩的把她送進了小客廳，關上門；路克已經在拿手帕對付那行大字。「你聽我說，」博士對伊蓮娜說，「因為你的名字——」

「就是。」伊蓮娜直勾勾的盯著他。「它知道我的名字，對嗎？它真的知道我的名字。」

「別說了，好嗎？」狄歐朵拉猛力的搖著她。「它有可能針對我們任何一個人；我們的名字它全部都知道。」

「是你寫的嗎？」伊蓮娜轉向狄歐朵拉。「請你告訴我——我絕對不會生氣，只是我要知道——也許只是個玩笑？只是在嚇唬我？」她哀求的望著博士。

「你知道我們誰也不會去寫那些字的。」博士說。

路克進來了，兩隻手在手帕上擦著，伊蓮娜滿懷希望的回頭。「路克，」她說，「那是你寫的吧？你剛剛出去的時候？」

路克看著她，走過來坐在她的椅把上。「聽我說，」他說，「你希望我到處寫你的名字嗎？在樹上刻你的名字縮寫？在小紙片上不停的寫『伊蓮娜，伊蓮娜』嗎？」他輕輕扯了扯她的頭髮。「我還是很理智的，」他說。「別傻了。」

「那為什麼是我？」伊蓮娜說，她輪流的看著他們三個；我是除外的，她衝動的想著，我是唯一被選中的，她急切的，語帶懇求的說：「我是不是做了什麼惹人注意的舉動，比起其他人？」

「什麼也沒有，親愛的。」狄歐朵拉說。她站在壁爐邊上，手指輕輕的敲著爐台，她看著伊蓮娜，笑容很燦爛。「說不定是你自己寫的。」

伊蓮娜氣得幾乎大吼。「你以為我喜歡看見這棟邪惡的房子裡塗滿了自己的名字？你真以為我喜歡成為大家的焦點？再說，我可不是什麼被寵壞的小孩——我根本不喜歡引人注意——」

「那是在求救，你沒注意到嗎？」狄歐朵拉無所謂的說。「或許那個可憐的小陪伴的靈魂終於找到了一個溝通的方法了。也許她只是在寫一些無趣又膽小的——」

「也許，它知道不可能從你們這些鐵石心腸的人身上得到任何幫助，所以只寫給我；也許，我比較有同情心和同理心比起——」

「也許，就是你寫給你自己的。」狄歐朵拉再一次的說。

兩個大男人看著兩個女人鬥嘴，為了保持風度，博士和路克只能退在一旁，肩並著肩，不發一語；終於，路克稍微移動身子開口說話，「夠了，伊蓮娜。」他語出驚人的說。伊蓮娜一個轉身，腳用力一跺。「你居然敢這麼說話？」她氣急的又說，「你居然敢這麼說話？」

博士忽然大笑，她看著他，再看路克，路克笑嘻嘻的在看著她。我是怎麼了？她想。接著再一想——他們認為那是狄歐朵拉蓄意惡搞，目的在引我生氣，我一生氣就不會害怕了；施這種伎倆未免太過分了。她掩著臉坐了下來。

「娜娜，親愛的，」狄歐朵拉說，「對不起。」

我必須得說些什麼，伊蓮娜告訴自己，我必須展現我的度量；我是一個不會計較的好人；就讓他們以為我自己覺得難為情吧。「對不起，」她說。「我真的嚇壞了。」

「當然會被嚇到。」博士說。伊蓮娜想，他怎麼那麼單純，那麼好騙。隨便人家說什麼都相信。他還以為我會被狄歐朵拉嚇到歇斯底里。她笑看著他，心想著，現在我終於「歸隊」了。

「我真的以為你要開始尖叫了。」狄歐朵拉走過來蹲在伊蓮娜的椅子邊說。「如果換作我，我會。可是我們不忍心看你崩潰，你知道的。」

除了狄歐朵拉，有誰敢「上台」呢？伊蓮娜想著；如果伊蓮娜出局了，她就得單打獨鬥了。她伸出手輕拍狄歐朵拉的頭說：「謝謝你。剛才我確實有些激動。」

「我真的以為你們兩個就要大打出手了呢。」路克說，「後來才知道狄歐朵拉的目的。」

狄歐朵拉明亮的眼睛裡漾起了笑意。伊蓮娜想著，但這根本不是狄歐朵拉的本意。

2

在大山厝裡，時間過得特別緩慢。隨時處在恐懼警戒狀態中的伊蓮娜和狄歐朵拉、博士和路克，繼續守著這棟群山圍繞，溫暖，黑暗，華而不實的大房子，現在，一整個安靜無事的白天和黑夜，反而使他們有發呆的感覺。他們一起用餐，達利太太的廚藝無懈可擊。他們一起聊天下棋；博士已經看完《潘蜜拉》，開始閱讀《查理·格蘭森爵士》㉕了。除非必要，他們難得單獨在房間裡，不受打擾的待上幾個小時。狄歐朵拉、伊蓮娜和路克果然在房子後面的亂草堆裡找到了小涼亭，他們三個在探險的時候，博士就坐在視線可及的草坪上寫他的文章。他們還發現了一座有圍牆的玫瑰花園，園內長滿雜草，還有一塊由達利太太照顧周到的菜圃。他們常常提起溪邊野餐的事。涼亭附近有許多野生的草莓，狄歐朵拉、伊蓮娜和路克摘了滿滿的一手帕，就近躺在博士坐著的草坪上不顧形象的大吃起來，沾得手上嘴上全是草莓汁；博士放下筆記本好笑的看著，說他們簡直就像小孩子。他們每一個人都要寫筆記——不拘形式，對細節著墨不多——只寫一些到目前為止在大山厝看到和聽到的事，博士把這些筆記都收在他的文件夾裡。隔天早晨——他們在大山厝的第三個早晨——博士靠著路克的幫忙，憂喜參半的花了整整一個小時，用粉筆和量尺，在二樓走廊的地板上努力的精算著那個「冷點」的位置，伊蓮娜和狄歐朵拉盤腿坐在地上，一面記下博士測量的方位，一面玩圈叉遊戲。作業進行得很不順利，因為博士的兩隻手一再的被那極致的酷冷冰凍到不行，不管是拿粉筆還是量尺，他都無法超過一分鐘。路克站在育嬰室的門裡，握著量尺的一頭，他的手只要一碰到那個冷點，手指立刻失去力量，完全無助的自動放開。一支溫度計，掉在冷點的中央，竟然拒絕顯示任何度數，始終固執的維持著與長廊其他部分相同的溫度，這使得博士對於《波利．萊多里》能精確的統計出十一度落差這件事大不以為然。他竭盡所

㉕ The History of Sir Charles Grandison或 Sir Charles Grandison，英國作家塞繆爾．理查森出版於一七五三年的作品。

能的對冷點做了一番詳盡的闡述，做完筆記之後，一夥人下樓吃午餐，他向大家提出了一項難度不高的挑戰：下午打槌球。

「因為這似乎太蠢了，」他解釋著，「把這麼好的一個早上全耗在那一個冷得要命的地方。我們應該到外面去走走——」沒想到，大夥竟放聲大笑，這令他有些驚訝。

「外面的世界還在嗎？」伊蓮娜疑惑的問。達利太太為他們做了桃子酥餅，她低頭看著餐盤說：「我知道達利太太到了晚上都會去別的地方，每天早上再把鮮奶油帶過來，所有吃的用的雜貨，每天下午由達利先生負責採買，我的感覺，現在除了這裡，再沒有別的地方了。」

「我們在一個荒島上。」路克說。

「或許，」狄歐朵拉說，「我們應該在一根木棍上每天刻度，或者堆小石子，一天一顆，這樣我們才會知道被困了多久。」

「沒有半點外面的消息多開心啊。」路克不客氣的舀了一大坨鮮奶油。「沒有信件，沒有報紙；啥事都不知道。」

「很不幸的——」博士頓了一會，「請各位原諒，」他再繼續，「我只是想告訴你們說外面的消息就要傳進來了，當然不是不好的消息。蒙塔格太太——就是我的太太——星期六會上來。」

「星期六是哪一天？」路克問。「啊，當然，很高興見到蒙塔格太太。」

「後天。」博士想了想。「對，」過一會他說：「我確定後天是星期六。星期六到了我們一定會知道的，」他朝他們一眨眼，「因為蒙塔格太太就會來了。」

「我希望她別太指望夜裡一定會有什麼東西蹦出來。」狄歐朵拉說。「我覺得大山厝離原先的承諾相去太遠了。不過，或許會有一連串的靈異現象列隊歡迎蒙塔格太太也說不定。」

「蒙塔格太太，」博士說，「已經做足了心理準備。」

「我真想不透，」狄歐朵拉對伊蓮娜說，他們在達利太太的監視下離開了餐桌，「為什麼所有的東西都這麼的安靜。我覺得這種等待真難受，簡直比有事情發生還要糟糕。」

「不是我們在等待，」伊蓮娜說，「是這棟房子。我覺得它在等時間。」

「等到我們大家都覺得安全沒事的時候，也許，它才會出手。」

「我想知道它到底能等多久。」伊蓮娜全身哆嗦的走上大樓梯。「我幾乎想寫信給我姊姊了，就寫說：『在這棟老舊的大山厝裡過得非常開心……』」

「『你們真該計畫明年夏天帶全家一起過來，』」狄歐朵拉接著說。「『我們每天晚上都蓋著被子……』」

「『空氣新鮮又提神，尤其是樓上的走廊……』」

「『你隨時隨地都會慶幸還活著……』」

「『每一分鐘都會有一些事情發生……』」

「『文明變得遙不可及……』」

伊蓮娜縱聲大笑。她走在狄歐朵拉的前面，到達了樓梯頂。這個下午黑暗的長廊稍許有了一點亮光，因為他們讓育嬰室的門一直開著，陽光從塔樓邊的窗戶穿透進來，照在地板上博士的量尺和粉筆。光線映著樓梯間的彩色玻璃窗，走廊暗沉的壁板上呈現出一些支離破碎的，藍的、橘的、綠的色塊。「我要睡覺。」她說。「我這輩子從來沒這麼懶散過。」

「我要躺在床上做電車夢。」狄歐朵拉說。

每次在房門口猶豫已經成了伊蓮娜的習慣，她總在進房間之前先掃描一遍。她告訴自己，這是因為房間實在藍得太過分，總要花一些時間才能適應。她走進房間先去開窗，這窗戶，她發現總是關著。今天，她才走到一半就聽見狄歐朵拉的房門砰的山響，接著是狄歐朵拉一聲悶哼「伊蓮娜！」，伊蓮娜立刻飛快的衝進走廊奔到狄歐朵拉的門口，停下來，驚駭地從狄歐朵拉的肩膀望過去。「怎麼了？」她小小聲的問。

「看看它像什麼？」狄歐朵拉的聲音飆到最高點。「看看它像什麼啊，你個笨蛋？」

這又是一個我絕不會原諒她的地方，在混亂當中伊蓮娜堅決的想著。「它看起來像油漆，」她遲疑著。「只是──」她注意到了，「只是味道很難聞。」

「是血。」狄歐朵拉決定性的一句。她靠著房門，身子隨著門的晃動搖晃著，兩眼瞪著。「鮮血，」她說，「到處都是。你看到了嗎？」

「我當然看到了。並沒有到處都是。何必這樣大驚小怪。」雖然，她摸著良心想，狄歐朵拉的表現真的算不上大驚小怪。如果換一個人，她想，在此時此地，這個人一定會驚聲尖叫——希望不要是我，我要嚴加防範；這可能又是狄歐朵拉……於是，她冷冷的問：「牆上是不是又寫字了？」她聽見狄歐朵拉在狂笑，她想，也許真會是我了，我承受不了啊。我一定要穩住，她閉起眼睛，聽見自己無聲的在對自己說，**啊，你別走，聽呀，你的情人就要來臨，他歌聲美妙，樂曲悠揚，不要走吧，美麗的小親親；漂泊止於情人的相遇……**㉖

「沒錯，親愛的。」狄歐朵拉說。「我不知道你是怎麼做到的。」

每個聰明人全都知道。㉗「理智一點。」伊蓮娜說。「趕快叫路克過來，還有博士。」

「幹嘛？」狄歐朵拉反問她。「這不是給我的一個小驚喜嗎？就我們兩個知道的一個祕密？」伊蓮娜作勢要拉住她，不讓她進房間，她甩開手直接衝到大衣櫥，嘩的拉開櫥門，不顧一切的喊叫起來。「我的衣服！」她說，「我的衣服！」

㉖莎士比亞作品《第十二夜》的詩句。

㉗莎士比亞作品《第十二夜》的詩句。

伊蓮娜鎮定的轉身走到樓梯口。「路克，」她靠著欄杆喊，「博士。」她的聲音並不大，她力持平靜，她聽見博士的書掉在地板上，接著就是乒乒乓乓的腳步聲，他和路克衝上樓梯。她看著他們，看見他們驚恐的臉，那一副呼之欲出的，倉皇不安的表情，原來他們每一個似乎都在等待著另外一個的呼救；理智和理解已經完全失去了保護作用，她想著。「是狄歐，」他們到了樓梯口她才說，「她歇斯底里了。有人——有東西——在她房間塗了紅色，她對著她的衣服又叫又喊。」夠平靜了吧，我最多只能做到這樣了，她想，能夠再表現得更好一點嗎？她問自己，她發現自己在微笑。

狄歐朵拉仍在房間裡大聲啜泣，用力踢著櫥門。要不是她手裡握著那件又皺又髒的黃襯衫，她暴怒的模樣簡直好笑到了極點。櫥裡的衣服都從衣架上被扯了下來，亂七八糟的攤在衣櫥底下，所有的衣服都抹上了紅色。「怎麼搞的？」路克問博士。博士搖著頭說：「我可以發誓那是血，弄了這麼多的血，這個人幾乎就要……」他突然默不作聲。

幾個人呆呆的站著，看著寫在狄歐朵拉床頭壁紙上那幾個歪七扭八的紅字：**幫助伊蓮娜回家伊蓮娜**。

這次我做好準備了，伊蓮娜告訴自己，她說：「你們最好帶她離開這裡；帶她去我的房間。」

「我的衣服全毀了。」狄歐朵拉對博士說。「你看見我的衣服了嗎？」

那氣味難聞透了，牆上的字跡已經沾染開來。整排的血滴從牆上一路延伸到衣櫥——最先吸引狄歐朵拉注意的或許就是這個——另外，綠色的小地毯上還有一大塊不規則的污漬。「太噁心了。」伊蓮娜說。「拜託你們趕快把狄歐帶去我的房間吧。」

路克和博士說服了狄歐朵拉經由浴室進入伊蓮娜的房間，伊蓮娜看著那些紅色的油漆（一定是油漆，她對自己說，當然是油漆，不然會是什麼？）大聲說：「為什麼？」她看著牆上的字。這裡躺著的一個人，她不慍不火的想著，名字是用鮮血寫的；有沒有可能在這一刻，我的邏輯出了問題？

「她還好嗎？」博士走過來了，她轉身問。

「差不多了。我看我們得讓她暫時跟你住在一起；我不相信她想再睡在這裡了。」博士的笑容有些勉強。「我看要過很長一段時間，她才會有勇氣自己去開那扇門。」

「我想以後她只好穿我的衣服了。」

「我想也是，只要你不介意。」博士好奇的看著她。「你對這次的『訊息』沒有像上次那樣困擾嗎？」

「太荒謬了。」伊蓮娜說，她也在想辦法了解自己的感受。「我站在這裡看著它，心裡想著『為什麼』。我的意思是，它就像一個沒完沒了的玩笑；我應該非常驚嚇才對，可是我沒有，因為它已經恐怖到不太真實了。我不斷想著狄歐在刷這些紅色的……」她咯咯的笑起來，博士眼神銳利的看著她，她繼續往下說：「很有可能是油漆，你不覺得嗎？」我停不下來，她想著，我幹嘛要費這麼多口舌解釋呢？「也許是我沒辦法再把它當真了，」她說，「在看到狄歐對著那堆可憐的衣服大叫，一面指控說我把我的名字寫在她牆上之後。也許是我已經習慣了她把什麼事都怪罪到我頭上吧。」

「沒有誰在怪罪你。」博士說，伊蓮娜覺得他在責備她。

「我希望她不嫌棄我那些衣服。」她帶刺的說。

博士轉身朝房間看了一圈。他伸出一根手指非常小心的摸了一下牆上的字，再用腳把狄歐朵拉的黃襯衫挪開。「晚一點，」他心不在焉地說，「或許，明天。」他看一眼伊蓮娜笑了笑。「我來做一個精確完整的素描。」他說。

「我可以幫你。」伊蓮娜說。「它讓我覺得很噁心，但是並不害怕。」

「對。」博士說。「現在還是先把這個房間關起來再說，我們都不希望狄歐朵拉再次撞進來。晚一點，等我空閒的時候，我再來好好的研究。同時，」他忽然換了一個玩笑的口吻，「我也不希望達利太太進來大掃除。」

伊蓮娜默默的看著他把房門由內反鎖，他們穿過浴室，他再把跟狄歐朵拉那間綠室相通的那扇門也鎖上。「我設法再搬一張床進來。」他忽然略顯尷尬，「你很鎮定，伊蓮娜，這對我幫助很大。」

「我說了，它讓我覺得很噁心，但是並不害怕。」她開心的說，接著她轉身看著狄歐朵拉。狄歐朵拉躺在伊蓮娜的床上，伊蓮娜覺得一陣噁心，她看見狄歐朵拉兩手都沾著紅色，而且揉在伊蓮娜的枕頭上。「你聽著，」她走過去粗聲粗氣的對狄歐朵拉說：「以後你都得穿我的衣服，除非等到你有了新的衣服，或者等我們把那些髒衣服洗乾淨之後。」

「洗乾淨？」狄歐朵拉在床上全身扭動，抽搐，兩隻髒污的手緊摀著眼睛。「洗乾淨？」

「我的天哪，」伊蓮娜說，「讓我幫你沖洗一下。」她根本不去思考原因，只覺得前所未有的對一個人感到這般失控的厭惡，她走進浴室，弄了一條濕毛巾，走回來狠狠的擦拭著狄歐朵拉的手和臉。「你骯髒到了極點。」她說，她連碰都不想碰狄歐朵拉。

突然，狄歐朵拉對她露出了笑容。「我真的不認為那是你做的。」她說，伊蓮娜轉身看見路克站在她後面，低頭看著她們倆。「看我多蠢啊。」狄歐朵拉對他說，路克哈哈大笑。

「穿上娜娜的紅毛衣，你就容光煥發了。」他說。

她真邪惡，伊蓮娜想著，惡毒邪氣骯髒。她進浴室把那條毛巾浸在冷水裡；走出來的時候路克在說話，「……這裡再放張床。從今天開始你們兩個女生就共用一個房間了。」

「共用房間共用衣服，」狄歐朵拉說。「我們就成了名副其實的雙胞胎。」

「表姊妹。」伊蓮娜說，可是沒有人聽見她的話。

3

「這是沿襲下來的習俗。」路克轉動著杯子裡的白蘭地說，「專門為劊子手定的，在行刑前，先要在受刑犯的肚子用粉筆把下刀的位置勾出一個輪廓——怕萬一失手，明白吧。」

我真想用一根棒子揍她，伊蓮娜想著，看著狄歐朵拉的頭在她椅子邊上；我真想用石頭砸她。

「一個非常細膩的技巧，非常細膩。因為粉筆的觸感很不好受，很折磨人的，如果這個受刑人剛好又怕癢。」

我恨她，伊蓮娜想著，我討厭她；她洗得那麼乾淨還穿著我的紅毛衣。

「在上了腳鐐手銬處死的時候，劊子手……」

「娜娜？」狄歐朵拉抬頭，一臉笑意的看著她。「我真的很抱歉，相信我。」她說。

我真想看著她死掉，伊蓮娜想著，她也一臉笑意的說：「別傻了。」

「在蘇菲教義㉘當中，有一個說法，宇宙無所從來，也無可毀滅。這是我花了一個下午，」路克一本正經地說，「在我們的小圖書室裡的閱讀心得。」

博士嘆了一聲。「今晚別下棋了。」他對路克說。路克點點頭。「今天實在太累了，」博士說，「我看兩位女士應該早點休息。」

「要等我喝足了白蘭地才行。」狄歐朵拉果斷的說。

「恐懼，」博士說，「是放棄邏輯的根本，是心甘情願拋棄一切合乎理性的模式。我們讓步也好對抗也罷，就是不能折衷。」

「早先我還在懷疑，」伊蓮娜說，她覺得自己似乎欠大家一個道歉。「我以為我非常鎮定，現在我知道我害怕到了一個極點。」她皺眉頭，很困惑，大家在等著她繼續。「在我害怕的時候，我可以更清楚更理性的看見世界美麗又不可怕的那一面，我可以看見桌子椅子窗戶仍舊是原來的樣子，絲毫沒有受到任何影響，我可以看見許多東西，譬如像編織細緻的地毯之類的，它們連動都不會動一下。可是在我害怕的時候，我本身跟這些東西就變得一點關係都沒有了。我猜想因為東西是『不會』害怕的。」

「我認為我們只是害怕我們自己。」博士緩緩的說。

㉘ Sufism，伊斯蘭教的禁慾神祕主義，遵行教義的人稱作蘇菲行者。

「不。」路克說。「應該是害怕毫無掩飾，毫無隱瞞的看清楚我們自己。」

「害怕知道我們自己真正想要的。」狄歐朵拉說。她把臉頰貼著伊蓮娜的手，伊蓮娜厭惡她的碰觸，迅速把手抽開。

「我一直害怕孤單。」伊蓮娜說，她心中狐疑，這是我說的話嗎？我是不是又在說一些明天會後悔不已的話？我的罪惡感是不是又要加重了？「那些字母拼出來的是我的名字，你們誰也不會知道那種感覺——那一種熟悉得不得了的感覺。」她比了個手勢，幾乎像是在申訴。「試著想想看，」她說。「那是我自己最親最熟悉的名字，那是屬於我的，有某種東西在利用它，寫它，用它來呼喚我，而我自己的名字……」她停下來，一個一個的看著他們，甚至低下頭看著狄歐朵拉仰著的臉，她再往下說：「看到沒。唯一無二的我，我就是我的全部。我討厭看見自己消失，溜走，分離，所以有一半活著的，是我的心靈，我看見另外那一半的自己無助瘋狂受擺布，我阻止不了，可是我知道我不會真正的受到傷害，時間長得很，甚至連一秒鐘都無窮無盡，那些感覺我當然可以忍受，只要我願意投降——」

「投降？」博士厲聲說，伊蓮娜瞪大了眼。

「投降？」路克也重複。

「我不知道。」伊蓮娜恍惚的說。我只是不停的在說，她告訴自己，我在說一些話——我到底在說些什麼呢？

「她以前也有過這樣的情形。」路克對博士說。

「我知道。」博士的口氣很嚴肅，伊蓮娜感覺他們都在看著她。「對不起，」她說。

「我是不是又鬧笑話了？我大概太疲倦了。」

「沒有的事。」博士說，口氣依舊很嚴肅。「喝點白蘭地吧。」

「白蘭地？」伊蓮娜低頭看，才發覺她握著一杯白蘭地。「我剛才說了些什麼？」她問他們。

狄歐朵拉輕輕一笑。「喝吧。」她說。「你很需要的，我的娜娜。」

伊蓮娜聽話的啜了一口白蘭地，清楚的感受到一股火燒似的熱流，她對博士說：「我一定又說了什麼蠢話，從你們看著我的樣子我就知道了。」

博士哈哈大笑。「別老是想成為注目的焦點啊。」

「虛榮心。」路克平靜的說。

「就是喜歡引人注意。」狄歐朵拉說，大夥疼惜的笑著，看著伊蓮娜。

4

兩人坐在並排的兩張床上，伊蓮娜和狄歐朵拉隔著床鋪緊握著對方的手；房間漆黑酷冷。隔壁房間不斷傳來一個低低的含糊不清的說話聲，聲音低得不知道在說什麼，卻又平穩得教人不能不相信。兩個人的手握得很緊，緊到都可以感覺對方的骨節了。伊蓮娜和狄歐朵拉專注的聽，低低的，平穩的聲音一直一直的持續著。有時候在強調某個字的時候聲音會提高，有時候又降到只剩一個氣音，就這樣一直一直的持續著。然後，突如其來的，出現一陣小小的笑聲，糊糊的話聲裡不時穿插著咕咕的笑聲，笑的時候聲音會升高，高到一個程度又突然中斷變成一聲痛苦的喘息，聲音始終不停歇。

狄歐朵拉握著的手緊一陣鬆一陣，伊蓮娜先是被這個聲音催眠了一會兒，然後怔怔的，在黑暗中，望向狄歐朵拉的位置，忽然，她在心裡尖叫，為什麼會這麼黑暗？為什麼會這麼黑暗？她一個翻身，用兩隻手抓緊狄歐朵拉的手，她想說話卻發不出聲，她只能僵在那裡，盲目的緊抓著，用力叫自己清醒，用力恢復理智。我們明明開著燈，她告訴自己，為什麼現在會這麼黑暗？狄歐朵拉，她想要小聲的這麼喊，但她的嘴卻不能動；狄歐朵拉，她想問，為什麼會這麼黑暗？那個聲音持續著，呼嚕呼嚕，很低很穩，像小水泡冒出來的聲音。她想只要她靜靜的躺著不動，她就能分辨那些話聲了，只要她躺著不動，用心的聽，用心的聽，她只聽見那聲音一直一直的持續著，沒完沒了，她只能拚了命的握住狄歐朵拉的手，她有感覺，她的手上也有著同等的回應。

小小的、咕咕的笑聲又來了，一個高亢的怪聲蓋住了說話的聲音，緊接著，突然整個靜了下來。伊蓮娜吸了口氣，她不知道自己現在能不能開口說話，這時她聽見了令她心碎的細小的哭聲，無限哀傷的哭聲，令人心疼不已的一個聲音，哭得無比傷心。是個「孩子」，她不敢相信的想著，一個孩子在某個地方哭泣，就在她動念的時候，傳來一聲從沒聽過的淒厲的叫喊，但是她知道，這個聲音經常在她的噩夢中出現。「走開！」聲音尖叫著。「走開，走開，不要傷害我。」然後，啜泣聲，「請你不要傷害我，請你讓我回家。」接著又是傷心欲絕的啜泣聲。

我無法再容忍了，伊蓮娜嚴肅的想著。這是變態，這是殘忍，他們在欺負一個孩子，我不可以讓任何人欺負一個孩子，含糊的說話聲持續，很低很穩，一直一直的持續著，聲音時高時低，一直一直的持續著。

現在，伊蓮娜想著，她知道自己在一片漆黑當中側躺在床上，兩手緊緊握著狄歐朵拉的手，緊到能感覺狄歐朵拉纖細的骨節，現在，我絕對不能再容忍了。他們想要嚇我。沒錯，的確。我是被嚇到了，不過不單是這樣，我是一個人，一個人類，我是一個會走會想，通情達理又有幽默感的人類，我可以接受這棟齷齪瘋狂的房子，可是我絕不能容許傷害一個孩子，不，絕對不；老天作證，我現在一定要立刻張開我的嘴，我要喝止，我一定要，我一定要大聲喝止「住手！」於是她大吼一聲……但是，燈光亮了，恢復原樣了，狄歐朵拉坐在床上，蓬頭散髮，一臉驚愕。

「怎麼了？」狄歐朵拉說著，「怎麼了，娜娜？怎麼了？」

「天哪，天哪。」伊蓮娜翻身下床，走過房間全身發抖的站在角落，「天哪天哪——我剛才握的是誰的手？」

第六部

1

我在學習心靈的通路，伊蓮娜十分認真的想著，可又不知道為什麼要想著這種事，到底有什麼意義。下午，在陽光下，涼亭的台階上，她坐在路克的身旁；這是沉默的心靈通路，她想。她知道她臉色蒼白，人還在發抖，眼睛底下有很深的黑眼圈，可是太陽好暖和，樹葉在頭頂上溫柔的搖晃，身旁的路克懶洋洋的靠在台階上。「路克，」她慢吞吞的開口問，她很怕出錯又惹人笑話，「人為什麼要對談？我的意思是，一般人想要知道別人的究竟是哪些事情？」

「你想要知道我什麼呢，比如說？」他哈哈大笑。她想，他怎麼不問說他想要知道我什麼呢；他真是太自大了——她也回敬他哈哈一笑，「你還有什麼我想知道的呢，除了我所看到的你之外？」她覺得「看」這個字眼用得不算很好，但是最安全。講一些只告訴我一個人知道的事，或許這才是她真正想問的，或者是，你願不願意告訴我一些令我忘不了你的事？——或者，甚至，跟我一點關係也沒有的事；你做得到嗎？想到這裡她又覺得自己是不是太蠢了，太大膽了，她在為自己的想法翻來覆去，而他卻只是盯著手裡的那片葉子，揪著眉頭，就像一個在專心解決大難題的人。

他在搜索枯腸，在想一個最優的表達方式，她想。因為我可以從他的答案得知他能不能令我服氣；他想要讓我看清他到哪種程度？他是不是以為搞一些小神祕就會令我滿意，或者，力求表現他的與眾不同？他會不會大獻殷勤？那會很丟臉的，因為他以後就會炫耀說他知道我喜歡吃這套；他會搞神祕嗎？瘋狂？他的自大狂妄我早就看出來了，即便不是真的，我該如何接受呢？就算路克有心討好我，她想，至少別讓我看出破綻吧。讓他聰明一點，或是讓我笨一點；可千萬別讓我——她希望，千萬別讓我太明確的知道他對我的想法。

他瞥了她一眼，笑了笑，她現在已經知道這是他自嘲的笑容；狄歐朵拉，她忽然興起了一個很不開心的念頭，狄歐朵拉會不會也知道？

「我從來就沒有母親。」他說，這是個大震撼。這就是他對我的想法嗎？他估量我想要聽的就是這種事情；我願不願意把這個擴大成一種信任，讓我成為非常值得信任的對象？我該嘆息？該呢喃？該走開？「因為我的身分，從來沒有誰愛過我。」他說。「我想你大概可以了解這一點吧？」

不，她想，你不能這麼「廉價」就抓住我；我不懂你說的，我也不會接受這些話換取我的感情；這個男人是一隻饒舌的鸚鵡。我要告訴他我根本不了解這種事，這種傷感的自憐一點都不會打動我的心；我絕不許自己傻到讓他得寸進尺的來欺騙我。「我了解，是的。」她說。

「我想也是。」他說，而她真正想的是，摑他一巴掌。「我認為你是一個好人，娜娜。」他畫蛇添足的說，「心地善良，誠實誠懇。等事情結束，你回家之後……」他的聲音漸漸削弱，她想，他要嘛就是想告訴我什麼不得了的大事，要嘛就是想斯文優雅的結束這段談話。他用這種風格說話一定有原因；他不是一個隨便洩底的人。他以為一點點的示好就能勾引我瘋狂的投入他的懷抱？他擔心我的行為舉止不夠淑女？他懂我什麼，我的想法我的感覺；他在可憐我嗎？「漂泊止於情人的相遇。」她說。

「是的，」他說。「我從來就沒有母親，我剛才說了。現在我發現每個人都有我所沒有的東西。」他朝她笑笑。「我自私透頂，」他懊喪的說，「總是希望有人會叫我守規矩，有人願意為我承擔，讓我成長。」

他是徹底的自私，她心頭一驚，這個唯一跟我坐在一起單獨聊天的男人，我卻毫無耐心；他實在太無趣了。「你為什麼不自我成長呢？」她問他，她懷疑有多少人——多少女人——曾經問過他這句話。

「你很聰明。」又有多少次他用這句話作答？

這段對話絕大部分應該算是很隨興，她放鬆心情的想著，溫和的說：「你肯定是一個非常寂寞的人。」我要的只是疼惜，她想著，而我卻在這裡跟一個自私的男人胡說八道。「你一定非常的寂寞。」

他摸摸她的手，又露出笑容。「你很幸福，」他對她說，「你有母親。」

2

「我在圖書室找到的。」路克說。「我發誓我是在圖書室裡找到的。」

「不可思議。」博士說。

「看，」路克說。他把那本大書放在桌上，翻到扉頁。「他自己製作的——看，這個書名是用墨水寫的：**回憶錄，致蘇菲亞・安妮・萊斯特・克雷恩。作為她此生啟蒙與教育之珍藏。摯愛她的父親，赫夫・戴斯蒙・萊斯特・克雷恩贈。一八八一年六月二十一日。**」

大家圍著桌子，狄歐朵拉、伊蓮娜和博士、路克翻開大書的第一頁。「看到沒，」路克說：「他的女兒從小就要學習謙卑。他顯然切割了好多本舊書合成的這本剪貼簿，因為我看出有好幾張圖片，全部都沾黏在一起了。」

「人類虛榮的成就感。」博士感嘆的說。「想想看，赫夫．克雷恩為了這一個『合訂本』而開膛破肚的那些書。啊，這是哥雅的銅版畫㉙；讓一個小女孩看這種東西太可怕了。」

「他在底下寫了字。」路克說，「在這張醜陋的圖畫底下：『當孝敬汝之父母，女兒，此人語重心長，他們帶引著天真無邪的幼女走過狹窄可怖的小徑迎向永恆的極樂光明，最終將她白璧無瑕地奉獻給她的天主；女兒，試想在天堂的喜樂，這些幼小的靈魂揮動著翅膀，未經種種罪惡不貞之前便獲得釋放，得以永保汝等之璞真。』」

「可憐的孩子。」伊蓮娜說，路克翻到下一頁，她驚喘；赫夫．克雷恩的第二堂道德課是取材自一幅彩色的蛇穴圖，一堆栩栩如生的蛇在書頁上翻轉扭動，圖的上方，整齊的印著一段燙金的文字：「永恆的詛咒是人類的宿命；淚水，補償，都解不開人類永世不滅的罪孽。女兒，與世間保持距離，貪欲與忘本便不致腐蝕於你；女兒，好自為之。」

「下一幅是地獄，」路克說。「要是心臟不夠強就別看了。」

「我不要看地獄，」伊蓮娜說，「不過你可以唸給我聽。」

「聰明，」博士說。「是一幅福克斯㉚的插圖；描繪死亡的樣子，我始終覺得這種圖畫很難看，不過有誰能這麼深刻的了解殉道者的行為方式？」

「看這裡，」路克說。「他把書頁的一角燒掉了。他寫著：『女兒，你務必聽一聽這痛苦，這尖叫，這可怕的吶喊與懺悔，這些陷入永世煉獄中的可憐的靈魂啊！那熊熊的荒漠之火，頃刻間，焚焦了他們的雙眼！啊，悲慘的世人，不滅的痛苦！女兒，你的父親就在這一刻將他書中的這一頁觸及了燭火，眼見著脆弱的紙頁在烈焰中枯萎捲縮；女兒，試想這燭火的熱便是恆久的地獄之火，是沙漠中的一粒細沙，因此，這一張在微焰中焚燒的紙頁，有如你永世焚燒的靈魂，在千百倍於燭火的烈焰之中。』」

「我敢肯定，每晚臨睡前他都會唸一遍給她聽。」狄歐朵拉說。

「慢著，」路克說。「你們還沒看到天堂——你也可以來看看，娜娜。是布萊克㉛的作品，有點嚴厲，我覺得，不過總比地獄來得好。你們聽好了——『神聖啊，神聖啊，神聖啊！在天國的聖光中天使們讚美祂，另一個永生之地。女兒，我即將在此處尋覓你。』」

「多麼勞心的愛。」博士說。「花費這麼多的時間來計畫，文字如此的工整優美，燙金——」

㉙ Francisco José de Goya y Lucientes，1746-1828，西班牙浪漫派畫家。一七九二年開始創作風格強烈的諷刺教會和國家的銅版畫。

㉚ John Foxe，1516-1587，英國歷史學家，著名的作品為《殉道者之書》（The Book of Martyrs）。

㉛ William Blake，1757-1827，英國詩人、畫家。

「七宗罪㉜來了，」路克說，「我覺得這是那老傢伙自己畫的。」

「他可真是全心投入暴食罪了。」狄歐朵拉說。「不知道我以後還會不會肚子餓啊。」

「等著看色慾吧，」路克對她說。「這老傢伙真是太強了。」

「我實在不想再看下去。」狄歐朵拉說。「我跟娜娜去坐在那邊，要是碰到特別好的，你們認為對我的道德觀念特別有幫助的，再大聲朗讀吧。」

「『色慾篇』來了，」路克說。「女人都愛吃這套嗎？」

「天哪，」博士說。「天哪。」

「鐵定是他自己畫的。」路克說。

「給一個『小孩子』看？」博士憤怒。

「她自己的剪貼簿。傲慢篇，這上面的圖像正是我們的娜娜。」

「什麼？」伊蓮娜驚得跳起來。

「開玩笑的。」博士安撫的說。「用不著過來，親愛的；他在逗你。」

「現在是，懶惰。」路克說。

「妒忌，」博士說。「這可憐的孩子怎麼敢違反……」

「最後一頁最最棒，我覺得。這——兩位女士，這是赫夫．克雷恩的血。娜娜，你要不要來看看赫夫．克雷恩的血啊？」

「不要，謝謝。」

「狄歐？不要嗎？無論如何，為了兩位的道德良心起見，本人堅持把赫夫．克雷恩結尾的一段話讀出來：『女兒：神聖的條約必須以鮮血簽署，在此我以我手腕上的鮮血約束你。要潔身自愛，要謙卑，要相信救世主，要相信我，你的父親，我向你立誓，日後我們必在永恆的極樂中相聚。請接受摯愛你的父親以虔誠之心為你製作的這一冊道德箴言。願我的綿薄，能助你一臂之力，佑護我的孩子避開世間的險惡，帶引她平安投入在天國等待的為父的懷抱。』接著是簽名：『來世今生，一個愛你逾恆的父親，此書的作者，道德的守衛；懷著最謙沖的愛意，赫夫．克雷恩謹此。』」

狄歐朵拉聳聳肩膀。「他肯定欣賞這招，」她說，「用自己的血來簽名；我看得出他得意得連腦袋都快掉了。」

「不健康，極不健康的一個作品。」博士說。

「她父親離開這房子時她應該還很小。」伊蓮娜說。「我懷疑他有沒有讀給她聽過。」

「我肯定他有，他甚至是湊著她的蠟燭光，一字一句的吐出來，讓這些東西在她幼小的心靈裡根深柢固。赫夫．克雷恩，」狄歐朵拉說，「你是個齷齪的老頭子，你蓋了一棟齷齪

㉜拉丁語Septem Peccata Mortalia，英語Seven Deadly Sins，罪行包括：傲慢，妒忌，憤怒，懶惰，貪婪，暴食，色慾。

的老房子，如果你現在還能聽得見我說話，我很想很想當面告訴你，我由衷的希望你永生永世待在那張恐怖的圖畫裡，分分秒秒都在被火燒。」她對著房間比出一個誇張嘲弄的手勢，下一刻，在場的幾個人全部沉默下來，彷彿在等待回應——突然，壁爐裡的煤炭忽然垮下來，發出小小的劈啪聲，博士看看手錶，路克直起身子。

「小酌的時間到了。」博士快樂的說

3

狄歐朵拉蜷曲在爐火旁，賴皮的仰看著伊蓮娜；房間另一頭是下棋的聲音，很輕，夾雜著一點推擠桌子的聲音，狄歐朵拉一副故作溫柔的口氣。「你會讓他進你的小公寓嗎，娜娜？讓他喝你的星星杯子嗎？」

伊蓮娜看著爐火，不回答。我太蠢了，她想，我是笨蛋。

「房間夠大嗎？住得下你們兩個人嗎？如果你開口，他會來嗎？」

再沒有比這個更惡劣了，伊蓮娜想；我真是笨蛋。

「說不定他就想找一間小小的屋子——當然，一定要比大山厝來得小；說不定他會跟你一起回家。」

笨蛋，一個可笑到極點的笨蛋。

「你的白色窗簾——你的小石獅子——」

伊蓮娜低下頭，用近乎溫柔的眼神看著她。「可是我非來不可。」她說著站起來，頭也不甩的走開。根本不聽後面錯愕的話聲，根本不管自己要往哪走，她跌跌撞撞的走向高闊的前門，走入柔和溫暖的夜色。「我非來不可。」她對著外面的世界說。

擔心和自責是兩姊妹；狄歐朵拉在草坪上拽住了她。兩個人離開了大山厝，並肩走著，生著悶氣，不說話，卻彼此都在為對方感到難過。一個人在氣憤，歡樂，恐懼或妒忌的時候，會執拗的出現極端的行為；伊蓮娜和狄歐朵拉兩個人，在這一刻，誰也沒有考慮到不該在天黑之後隨便走出大山厝。兩個人都太專注自己的傷痛，只有躲入黑暗才是最好的，她們把自己包裹在那件敏感又難解，名叫做憤怒的緊身衣裡，一步一步重重的走著，彼此都心情沉痛的知道對方的存在，彼此都下定決心不願做那個先開口說話的人。

最後，還是伊蓮娜先開了口；她的腳絆著一塊石頭，她想維持尊嚴努力裝作不在乎，可是過不到一會兒，她的腳愈來愈痛，她繃緊著聲音說：「我想不透你怎麼會自以為有資格干涉我的私事。」她措辭謹慎，就怕一言不合，醜話全部出籠，或是說出一些不實的指責（她們不是陌生人嗎？不是表姊妹嗎？）。「我知道不管我做什麼事你都沒興趣。」

「沒錯，」狄歐朵拉冷冷的說。「你做的事我本來就沒興趣。」

我們走在圍牆的兩邊，伊蓮娜想，可是我也有生活的權利，我在涼亭浪費一個小時跟路克在一起就是想要證明這點。「我傷到腳了。」

「我很難過。」狄歐朵拉的語氣似乎真的很難過。「你知道他不是個東西。」她頓了一下。「一個浪蕩子。」她的口吻帶一點消遣的味道。

「他是什麼其實跟我毫無關係。」然後，也許因為兩個人還在鬥嘴，「倒是你好像很在乎。」

「不該這麼容易的放他走。」狄歐朵拉說。

「放走什麼？」伊蓮娜小心的問。

「你在做傻事。」狄歐朵拉說。

「如果不是呢？這次如果你看錯了，你會很介意，是嗎？」

狄歐朵拉一副不屑的口氣。「如果我錯了，」她說：「我就全心全意的祝福你。一個標準的笨蛋。」

「你已經無話可說了。」

她們沿著小徑走向小河。黑暗中她們的腳步感覺是在走下坡，兩個人私下都在執意的埋怨對方，故意選擇走上這條之前充滿歡樂的小徑。

「反正，」伊蓮娜很理性的口吻說：「不管發生什麼事，你都不會在乎。那你又何必管我是不是在做傻事？」

狄歐朵拉不作聲，默默的在黑暗中走了一會兒，伊蓮娜忽然很肯定的感覺到狄歐朵拉伸了一隻手過來，雖然看不見。「狄歐，」伊蓮娜拘謹的說，「我很不擅長交際和說話。」

狄歐朵拉大笑。「你擅長什麼？」她問。「逃跑？」

決絕的話還沒出口，但也相去不遠了，她們只剩下一道最細的安全底線了；兩個人小心翼翼的繞著一個尚無定論的問題打轉，一旦明說出來，譬如——「你愛我嗎？」——這樣的問句一旦說出口，有可能永遠得不到答案也永遠忘不掉。她們緩緩的走著，想著，疑惑著，腳下一直是往下坡的路，她們順著往前走，肩並著肩；有心親近卻又故作矜持，彼此都在等著對方的一個主動。彼此之間，甚至只要一個呼吸，就能知道對方在想什麼，要說什麼；甚至彼此都幾乎要為對方而哭泣了。就在這時候，兩個人在同一時間察覺到了小路的變化，其中一個也立刻知道另一個的感覺；狄歐朵拉抓著伊蓮娜的手臂，腳步不敢停，她們繼續慢慢的向前進，緊緊的靠在一起，前方的小路變寬了，變得更黑，更彎。

伊蓮娜屏住呼吸，狄歐朵拉的手抓得更緊，這是在警告她不要出聲。兩邊的樹林，悄無聲息，看不見原有的暗沉顏色，蒼白到近乎透明，襯著漆黑的天空，恐怖的矗立著。小草也沒有了顏色，路又寬又黑；除此之外什麼也沒有。伊蓮娜牙齒打顫，害怕到想吐的感覺幾乎令她直不起身子，她的胳臂在狄歐朵拉愈箍愈緊的掌握下抖個不停，她覺得跨出的每一步都是意志力的作用，只有不顧一切的堅持讓自己的腳一前一後的推進，才是唯一明智的抉擇。她含著淚水，艱澀的看著無邊黑暗的路徑，慘白的樹林，她想著，心中出現了一個清晰的，圖文相連的畫面，火在燒，**現在我真的害怕了**。

她們繼續走著，路繼續延伸著，慘白的樹林繼續在她們兩旁，還有始終不變的，漆黑的天空繼續濃重的壓在她們頭頂上；狄歐朵拉的手白到發光。前方，路迂迴到看不見了，她們走得很慢很慢，兩隻腳精準的移動著，因為這是她們唯一能夠主宰的動作，唯有靠這個動作才能讓她們不陷入可怕邪惡的黑白光影中。現在我真的害怕了，伊蓮娜激動的想著；隱約的她仍舊感覺得到狄歐朵拉的手在她的手臂上，可是狄歐朵拉的人離得很遠，被藏起來了；冷得好可怕，附近沒有一點人氣。**現在我真的害怕了**，伊蓮娜想，她一腳一步的挨著，接觸著路面的腳在抖，冷得發抖。

路延伸著。或許它存心在為她們「帶路」吧，她們誰也不敢離開它擅自走進兩旁陰惻惻的白色草叢裡。路彎彎曲曲，閃著黑色的光，她們繼續追隨。狄歐朵拉的手抓得很緊，伊蓮娜抽抽噎噎的吸了口氣——有東西在動，前面，一個比白色的樹林更白的東西，在招手嗎？招著手，沒入了樹林，在監看嗎？她們邊上是不是有什麼動靜？非常細微的，在這個無聲的夜晚幾乎難以察覺的動靜？是不是在白色的草叢裡有某個隱形的腳步一直在跟著她們？她們在哪裡？

路牽引著她們到了預定的終點，她們的腳下沒有路了。伊蓮娜和狄歐朵拉看到了一座花園，陽光和色彩令她們眼花撩亂；更不可思議的是，花園的草地上有人在野餐。她們聽見孩子們的歡笑聲，父母充滿愛意的說笑聲；綠油油的草地，紅黃橙各色的花朵，湛藍的天空夾著亮麗的金黃，一個穿著暗紅色套頭衫的孩子因為追一隻小狗，仆跌在草地上，高聲的笑了起來。草地上攤著一張格子花紋的桌布，滿面笑容的母親傾身拿起一盤鮮豔的水果——就在這個時候，狄歐朵拉放聲尖叫。

「不要往回看，」她的聲音充滿恐懼，「不要往回看——不要看——快跑！」

伊蓮娜莫名其妙的開始跑，她覺得她的腳幾乎勾住了那張格子花紋的桌布；她又怕不小心被那隻小狗絆倒；等到她們一跑出花園，四周什麼也沒有了，除了在黑暗中猙獰蔓生的雜草，狄歐朵拉叫著喊著哭著，胡亂踐踏著原本是鮮花朵朵的亂樹叢，不時的被地上一些突起的石塊和破杯子絆倒。她們對著爬滿藤蔓的白色石牆瘋狂的又打又抓，不停的尖叫，哀求著放她們出去——終於一扇生鏽的鐵門開了，她們奔跑，哭喊，喘氣，兩個人仍舊手牽著手，跑過大山厝的廚房院子，衝過後門衝進廚房，看見路克和博士急匆匆的迎上來。「出了什麼事？」路克一把抓住狄歐朵拉說。「你們還好嗎？」

「我們快急瘋了，」博士精疲力竭的說。「我們在屋子外面找了你們好幾個小時。」

「在野餐，」伊蓮娜說。她倒在廚房一張椅子上，看著自己的兩隻手，手上全是抓痕，血跡，不自覺的抖著。「我們拚命想逃出來。」她一面說，一面把手伸給他們看。「在野餐。那些小孩子……」

狄歐朵拉不停的又哭又笑，邊笑邊說著，「我回頭看了——我回過頭看著我們後面……」她繼續的傻笑。

「那些孩子……還有一隻小狗……」

「伊蓮娜。」狄歐朵拉激動的轉過來，把頭靠著伊蓮娜。「伊蓮娜，」她說：「伊蓮娜。」

伊蓮娜攬著狄歐朵拉，抬頭看著路克和博士，她覺得房間發狂似的搖晃著，而時間——她早就心裡有數，時間停了。

第七部

1

蒙塔格太太應該到來的那個下午，伊蓮娜獨自走入大山厝後面的山上，並沒有特定的目標，也不在意走到哪裡，只是想一個人暫時避開這棟沉悶黑暗的房子。她發現一小塊地方，那裡的草叢柔軟乾爽，她躺下來，想著自己有多少年不曾這樣躺在青草地上胡思亂想了。樹林和野花圍繞著她，那是一種奇怪的謙卑的氛圍，彷彿，在這塊屬於它們將養生息的地盤上，突然來了一個不速之客，它們本能的轉向她，注意她，彷彿即便她是如此的愚昧無趣，它們仍然要以禮相待，因為這個「成品」何其不幸，既不能落地生根，又被迫四處飄蕩。伊蓮娜慵懶的摘了一朵小野菊，小花在她指尖枯死了，她躺在草地上，看著它枯死的容顏。她心中除了無以名狀的狂喜之外，其他什麼也沒有。她扯著小野菊，微微的笑著，想著，我該怎麼辦？我該怎麼辦？

2

「袋子就放在走廊上吧，阿瑟。」蒙塔格太太說。「這裡沒人幫我們撐著門嗎？他們應該派個人幫忙把旅行袋提到樓上去啊。約翰？約翰？」

「親愛的，親愛的。」蒙塔格博士拎著餐巾急急忙忙趕進門廳，他恭敬的親了親太太湊上來的臉頰。「太好了，我們還以為你不會來了。」

「我不是說好了今天要來的嗎？你哪時候見過我說了要來又不來？我帶著阿瑟一起。」

「阿瑟。」博士興趣缺缺的說。

「總得有個人開車。」蒙塔格太太說。「我看你是巴望我自己開車過來，是吧？你是想把我累死。你們好。」

博士轉身，伊蓮娜和狄歐朵拉臉上堆著笑，路克跟在後面，幾個人有些尷尬的擠在門口。「親愛的，」他說，「這幾位就是過去幾天跟我一起待在大山厝的朋友。狄歐朵拉。伊蓮娜．旺司。路克．山德森。」

狄歐朵拉、伊蓮娜、路克三個人含糊的客套幾句，蒙塔格太太點點頭說：

「看得出來你們也沒給我們準備晚餐。」

「我們真的以為你不來了。」博士說。

「我相信我跟你說過我今天會來。當然，也有可能是我弄錯了，不過就我的記憶，我確實說過我今天會來。我也相信幾位的大名我很快就會記住的。這位男士是阿瑟．帕克；他幫忙開車，因為我很不喜歡自己開車。阿瑟，這幾位都是約翰的朋友。有誰可以來處理一下我這些手提箱？」

博士和路克嘀咕著走上前，蒙塔格太太繼續的說：「我當然是住進你們鬧鬼鬧得最凶的房間。阿瑟隨便哪都行。那只藍色的手提箱是我的，年輕人，還有那只小的公事包；它們當然也要住進你們鬧鬼鬧得最凶的房間。」

「那就育嬰室吧。」蒙塔格博士說，路克詫異的看著他。「我相信育嬰室是鬧事的亂源之一。」他告訴他太太，她不耐煩的嘆了口氣。

「我看你真該檢討一下你的工作效率了。」她說。「你在這裡快一個星期了，我看你什麼進展也沒有，問過碟仙？還是扶乩？我看這兩位小姐也不像有靈媒的天賦？那邊都是阿瑟的袋子。他帶了高爾夫球棒，以防萬一。」

「以防什麼萬一？」狄歐朵拉直率的問，蒙塔格太太轉身冷冷的打量她。

「請別為我耽擱你們的晚餐。」她終於說。

「育嬰室外面有一個非常明確的冷點。」博士信心滿滿的告訴他太太。

「是，親愛的，非常好。這位年輕人打不打算把阿瑟的袋子拎上樓去？你們好像什麼都迷迷糊糊的，怎麼搞的？都快一個星期了，我以為你們肯定已經理出一些眉目了。有任何具象的形體嗎？」

「有明確的靈動現象——」

「好，我現在來了，我們會把事情弄清楚的。阿瑟要把車子停在哪？」

「房子背後有一個空的馬廄，我們的車都停在那裡。等明天早上再去吧。」

「胡說。我最不喜歡拖延耽擱，約翰，你最清楚不過了。阿瑟明天早上要做的事可多著，哪還顧得了今晚的事。他現在馬上去移車。」

「外面天黑了。」博士遲疑的說。

「約翰，你太令我驚訝了。難道你以為我連晚上外面天黑都不知道嗎？車子有車燈，約翰，再說，那個年輕人可以陪阿瑟一起，由他帶路。」

「謝謝你。」路克不假辭色的說，「不過我們有一個很嚴格的政策，天黑之後不去外面。阿瑟，當然，如果他想去就去，我絕不會去。」

「這兩位女士，」博士說，「經歷過一場驚心——」

「這個年輕人是個懦夫。」阿瑟說。他已經從車上把手提箱、高爾夫球袋和提籃全都拿了下來，這會兒站在蒙塔格太太身邊，不屑的瞧著路克。阿瑟的臉是紅的，頭髮是白的，現在，他吹鬍子瞪眼的看著路克。「在女人面前，真是丟臉啊，傢伙。」

「這兩個女人跟我一樣害怕。」路克正色的說。

「確實，確實。」蒙塔格博士一手搭在阿瑟的手臂上安撫他。「你在這裡待一陣子之後，阿瑟，你就會明白路克的態度很合理，一點也不懦夫。我們特別重視天黑之後大家要守在一起。」

「這是怎麼了，約翰，我真沒想到你們大家會這麼緊張。」蒙塔格太太說。「這種害怕的樣子太要不得了。」她生氣的跺著腳。「你應該很清楚啊，約翰，那些往生者期盼的是看到我們過得快快樂樂的；希望我們用愛心懷念他們。住在這棟房子裡的靈也許真的覺得很痛苦，因為他們感受到你們在怕他們。」

「這個待會兒再說吧。」博士無奈的說。「現在，晚餐？」

「當然。」蒙塔格太太朝狄歐朵拉和伊蓮娜瞥了一眼。「不好意思打擾你們了。」她說。

「你吃過了？」

「當然還沒吃，約翰。我不是說，我們會來吃晚餐嗎？還是我又弄錯了？」

「沒有的事，我早吩咐過達利太太，說你會來。」博士說，他打開通往餐廳必進的遊戲室的門。「她為我們準備了豐盛的大餐。」

可憐的蒙塔格博士——伊蓮娜站開一邊，讓博士帶著太太進入餐廳，她想，他簡直不自在到了極點；不知道她會在這裡待多久。

「不知道她準備待多久？」狄歐朵拉貼著她的耳朵說。

「說不定她的手提箱裡全是『靈氣』。」伊蓮娜說。

「你打算要待多久？」蒙塔格博士問，他坐在餐桌的主位，太太舒服的坐在他旁邊。

「親愛的——」蒙塔格太太淺嘗了一口達利太太的小酸豆醬。「你還真是找到了一個好廚子，對吧？——你知道阿瑟必須得趕回學校；阿瑟是小學校長，」她向在座的人說明，「他特別把星期一的約會取消。所以我們最好是在星期一下午離開，阿瑟可以趕上星期二的課。」

「顯然阿瑟丟下了一群快樂得不得了的小學生。」路克輕輕的對狄歐朵拉說。狄歐朵拉接著說：「可是今天才星期六。」

「烹調的事我絕不會插手。」蒙塔格太太說。「約翰，明天我要跟你的廚子說說話。」

「達利太太是一位令人讚嘆的女性。」博士謹慎的說。

「不太合我的口味。」阿瑟說。「我是專吃肉加馬鈴薯的男人。」他向狄歐朵拉解釋。

「不喝酒，不抽菸，不看雜書。學生的『壞』榜樣。他們多半有樣學樣，你說是吧。」

「我相信他們肯定以你為表率。」狄歐朵拉正經八百的說。

「偶爾總會出個敗類，」阿瑟搖著頭說。「對運動毫無興趣，你知道。老是縮在角落，動不動就哭。這種人就得盡快把他治好。」他向牛油探出手。

蒙塔格太太傾身向前看著阿瑟。「少吃一點，阿瑟。」她規勸。「我們還有一整個忙碌的夜晚呢。」

「你究竟打算要做什麼？」博士問。

「我相信你連想都沒想過可以用一套系統來處理這類事情，到時候你就不得不承認，約翰，在這個範疇我硬是比你多了一點靈感；女人應該都會有的，你知道吧，約翰，至少有些個女人會。」她頓了頓，用推理的眼神打量伊蓮娜和狄歐朵拉。「她們兩個沒有，我敢說。當然，除非我又弄錯了？你特別喜歡挑我的毛病，約翰。」

「親愛的——」

「我沒辦法忍受任何草率隨便的工作。阿瑟，理所當然的，負責巡邏。我帶阿瑟來的目的就為這個。真的太難得了，」她對坐在她另一邊的路克說：「在教育界哪裡找得到幾個對另外一個世界感興趣的人啊；阿瑟就是一個異數，你會發現他有驚人的靈通力。我會躺在你們這裡鬧鬼的房間，只點一盞小夜燈，然後努力跟騷擾這棟房子的元素接觸。有靈動現象出沒的時候，我絕對不會入睡。」她告訴路克，他點著頭，無言以對。

「常識不一定管用，」阿瑟說。「用對方法最重要。目標訂得太低沒效果。我常跟我的學生這樣說。」

「我想晚飯之後我們來跟乩板開一節課吧。」蒙塔格太太說。「就我和阿瑟兩個，當然；其餘的人，我看得出來，還沒準備好；你們只會把那些靈趕跑。我們需要一間安靜的房──」

「圖書室。」路克很有禮貌的建議。

「圖書室？感覺不錯；書本常常是很好的媒介，你知道吧。顯靈往往最容易出現在一些藏書的房間裡。我不記得有哪一次顯靈現象因為書的關係而受到過干擾。圖書室大概很多灰塵吧？阿瑟有時候會打噴嚏。」

「達利太太把整棟房子打理得井然有序。」博士說。

「明天早上我一定要跟達利太太談一談。那，約翰，你帶我們去圖書室，那個年輕人幫我去拿箱子；注意，不是大的手提箱，是小的公事包。帶到圖書室給我。我們過一會兒就到；開完課，我要一杯牛奶，一小塊蛋糕；餅乾也行，只要不太鹹。跟談得來的人安安靜靜的聊上幾分鐘也很有幫助，尤其是如果在夜裡我還要接收某些感應的話；心靈是一個最精密的工具，不可以被管束得太過分。阿瑟？」她遠遠的向伊蓮娜和狄歐朵拉欠一下身就走了出去，由阿瑟、路克，還有她丈夫護航。

過一會，狄歐朵拉說：「我簡直為蒙塔格太太著迷。」

「我不知道。」伊蓮娜說。「阿瑟跟我比較合。我看路克的確是個懦夫。」

「可憐的路克，」狄歐朵拉說。「他從來就沒有母親。」伊蓮娜抬頭，發現狄歐朵拉帶著一抹好奇的微笑看著她，她趕緊離開餐桌，結果撞翻了一只杯子。

「我們不應該落單。」她莫名其妙的覺得透不過氣來。「我們快去找他們。」她離開餐桌幾乎用跑的衝了出去，狄歐朵拉追在後面，大聲笑著，追過走廊，進入小客廳，路克和博士站在爐火前。

「拜託告訴我，博士。」路克恭敬的說，「乩板是誰？」

博士不悅的嘆口氣。「真是愚不可及，」他說，「抱歉。這整個主意令我很反感，可是，只要她高興……」他狠狠的撥弄著爐火。「乩板，」過了半响他才繼續說：「是一種類似碟仙盤的東西，或許，我這樣解釋比較貼切，它會自動寫字；那是一種溝通的方式，跟那些——呃——無形的靈，但是我的看法，所謂可以經由這種東西跟無形界的靈接觸，純粹是出於運作這塊板的人的幻想。對。所以……乩板就是一小塊輕薄的木板，通常是心形或長方形。一枝鉛筆卡在木板比較窄的一頭，另外一頭有一對輪子，或是腳座，方便在紙上滑動。兩個人把手指放在木板上，對著這塊木板提出問題，木板就會移動，到底是靠什麼力量推動它的暫且不討論，然後它會寫出答案。碟仙盤，我剛才說過，非常類似，只是碟仙是藉由在板子上滑動的那個物件把字母一個一個的指出來。那個簡單，一只普通的酒杯就可以達到相同的效果。我曾經看過有人把木板架在小孩子推的輪子玩具上，那看起來確實有點蠢。參與的人每一個都只能用一隻手的手指尖，另外那隻手空出來做記錄，記下所有的問題和答案。那些答案，在我看來，實在沒什麼道理，不過當然，我太太會有一套完全不同的說法。瞎扯一通。」他又開始用力地撥弄爐火。「小女生的玩意，」他說。「迷信。」

3

「今天晚上乩板非常和氣。」蒙塔格太太說。「約翰，這棟房子肯定有外來的元素。」

「精采無比的一次會談，真的。」阿瑟說。他得意非凡的揮舞著一疊紙張。

「我們替你問到了好多資訊。」蒙塔格太太說。「哪，乩板很堅持的一再提到一個修女。你有沒有聽說過關於一個修女的事，約翰？」

「在大山厝裡？好像沒有。」

「乩板對於這一個修女的感應真的非常強烈，約翰。說不定有過類似的——比方說，一個黑暗，模糊的人影——曾經在附近一帶出沒過？一些晚歸的村民曾經被嚇到過？」

「一個像修女模樣的人影是很普通——」

「約翰，拜託你了。我知道你又要說是我弄錯了。要不，你就是在挑乩板的毛病，你認為乩板錯了嗎？我向你保證——就算我的話不中聽，你也該相信乩板——它非常明確的提到了一個修女。」

「我只是想說，親愛的，修女的幽靈是最常見的一個形式。大山厝跟這個完全沒有關聯，可是在別的——」

「約翰，拜託你了。可不可以讓我把話說完？還是說，連聽證的機會都不給就把乩板撤走？真是謝謝你了。」蒙塔格太太自說自唱。「啊啊，這裡還有個名字，有許多種拼法，像是海倫、海蓮，或是海蓮娜。」

「親愛的，很多人曾經住過——」

「海倫警告我們，要小心一個神祕的修道士。修道士和修女兩個人同時出現在一棟房子——」

「想必這個地方是蓋在一個古老的遺址上。」阿瑟說。「影響力非常，明白吧。古老的影響力流連不去。」他解釋得更完整。

「感覺上很像是違背了誓言之類的，對吧？很像。」

「那個年代常有的事，明白吧。誘惑，很有可能。」

「我不這麼認為——」博士準備發話。

「我猜想她肯定被活活的堵死在牆壁裡。」蒙塔格太太說。「那個修女，我指的是。當時他們都這麼做的，明白吧。你壓根就不知道被活埋的修女給了我什麼訊息。」

「紀錄上壓根就沒有任何修女在這——」

「約翰。可不可以讓我再提醒你一次，這是我親自從被活埋的修女那裡得到的訊息？你以為我在編故事嗎，約翰？還是以為那個修女造假，實際上她並沒有被埋在牆壁裡？是不是有可能我又弄錯了，約翰？」

「當然不是，親愛的。」蒙塔格博士無奈的嘆息。

「只有一根蠟燭和一片乾麵包，」阿瑟對狄歐朵拉說。「用這種方式，連想起來都覺得好可怕。」

「從來沒有哪個修女被活埋在牆壁裡過。」博士沒好氣的說。他略微提高了音調。「那是傳說，是故事，是一種坊間流傳的污衊——」

「好，約翰。我們不要為這個爭執了。你愛相信什麼都隨你。只要明白一點，當事實擺在面前的時候，純唯物的觀點就該退位。現在就是一個明確的事實，這棟房子的問題就出在一個修女和一個——」

「還有什麼別的？」路克急切地問。「我太有興趣了，好想聽——呃——乩板還說了些什麼。」

蒙塔格太太居然淘氣的豎起一根手指擺了擺。「沒你的事，年輕人。這兩位小姐倒是可以多聽一些。」

難相處的女人，伊蓮娜想著；難相處，粗俗，控制欲又強的女人。「海倫，」蒙塔格太太繼續往下說，「要我們去地窖尋找一口老井。」

「千萬別告訴我說海倫被活埋在那兒。」博士說。

「我不這麼認為，約翰。如果是，我想她早就會提起了。事實上，海倫並不清楚我們會在那口井裡找到什麼。不過，我懷疑可能是寶藏。在這類的案例中，很少有人真正得到過什麼寶藏。很有可能是這個失蹤修女的證據。」

「很有可能是一堆八十年的垃圾。」

「約翰，我不能理解你的這種懷疑態度。畢竟，你到這棟房子來的目的就是在蒐證超自然的跡象，現在，我給了你一大把的原因，和搜查的方向，你卻極盡挖苦之能事。」

「我們無權擅自挖掘地窖。」

「阿瑟可以——」蒙塔格太太興致勃勃的才開口，博士堅決的說：「不。我簽的租約上特別規定我不得隨意竄改房屋的架構。不准挖地窖，不准摘木製品，不准拆地板。大山厝仍然是極有價值的房產，我們是學生，不是歹徒。」

「我還以為你很想要知道真相，約翰。」

「現階段我已經知道的夠了。」蒙塔格博士咚咚咚的走到棋盤那裡，拎起一枚騎士，狠狠的盯著它。他看上去就像非要從一數到一百才肯罷休似的。

「哎呀，有時候耐心還真不容易啊。」蒙塔格太太嘆了口氣。「不過，我一定要把我們最後取得的一段話讀給你聽。阿瑟，在你那兒嗎？」

阿瑟在那一大疊紙張裡頭拚命翻找。「就在你收到應該送花給你姑媽的訊息後面。」蒙塔格太太說。「乩板的靈通有一個叫做瑪莉高，」她解釋，「瑪莉高對阿瑟特別有好感；常常會把他親戚那兒的一些事情傳給他。」

「並不是什麼致命的大病，」阿瑟語氣莊重，「不過應該要送花，當然，瑪莉高最會撫慰人心了。」

「好。」蒙塔格太太選了好幾頁，很快的看了一遍；紙上滿是潦草鬆散的鉛筆字，蒙塔格太太皺著眉，一根手指順著頁數從上溜到下的滑著。「這裡，」她說，「阿瑟，你讀問題，我讀答案；這樣，聽起來比較自然。」

「開始吧。」阿瑟挨近蒙塔格太太的肩膀，神情愉快的說。「來——讓我看看——從這裡開始嗎？」

「從『你是誰？』」

「好。你是誰？」

「娜娜。」蒙塔格太太尖著聲音讀，伊蓮娜、狄歐朵拉、路克、博士一起轉頭，用心聽著。

「娜娜誰？」

「伊蓮娜，小娜，娜娜，娜娜。他們有時候會這樣的。」蒙塔格太太中斷做解釋。「他們會一遍又一遍的重複一個字，為了確定正確無誤。」

阿瑟清清嗓子。「你要做什麼？」他讀。

「家。」

「你想要回家嗎？」狄歐朵拉對伊蓮娜頑皮的聳一聳肩。

「要回家。」

「你在這裡做什麼？」

「等。」

「等什麼？」

「家。」阿瑟停住，用力的點點頭。「又來了。」他說。「喜歡一個字，一遍又一遍的重複，只是為了發聲。」

「原則上我們從來不問『為什麼』，」蒙塔格太太說，「因為那會造成乩板的困擾。不過，這次我們很大膽，我們直接發問了。阿瑟？」

「為什麼？」阿瑟照著唸。

「母親，」蒙塔格太太照著唸，「看到沒，這次我們問對了，因為乩板願意配合。」

「大山厝是你的家嗎？」阿瑟平直的讀著。

「家。」蒙塔格太太回應，博士嘆息。

「你很痛苦嗎？」阿瑟唸著。

「這句沒有回答。」蒙塔格太太有感而發的點點頭。「有些時候他們不喜歡承認痛苦；它不想讓活著的人失去信心，明白吧。打個比方，就像阿瑟的姑媽，她從來不承認她生病，可是瑪莉高會告訴我們，他們避而不談反而更糟。」

「無欲淡泊。」阿瑟補強，然後繼續讀，「我們可以幫助你嗎？」

「不。」蒙塔格太太讀。

「我們可以為你做些什麼嗎？」

「不。迷。迷。迷。」蒙塔格太太抬起頭。「看到沒？」她問。「一個字，一遍又一遍。他們最愛不斷的重複。有時候我會拿到一整頁都是同一個字。」

「你要什麼？」阿瑟讀。

「母親。」蒙塔格太太繼續往下讀。

「為什麼？」

「孩子。」

「你的母親呢？」

「家。」

「你的家在哪裡？」

「迷。迷。迷。這個字以後，」蒙塔格太太俐落的把紙摺攏起來，「就都是一些胡扯的東西，沒別的了。」

「從來沒想到乩板肯這麼合作。」阿瑟深信不疑的對狄歐朵拉說。「真是一次不得了的經驗。」

「可是為什麼挑中娜娜？」狄歐朵拉十分不以為然的說。「這個笨乩板有什麼權利這樣隨便傳訊息給人家，又沒徵得同意或——」

「你侮辱乩板就問不出任何結果。」阿瑟才說一句，就立刻被蒙塔格太太打斷，她轉身盯著伊蓮娜。「你是娜娜？」她問，再轉頭看著狄歐朵拉。「我們還以為你是娜娜。」她說。

「所以咧？」狄歐朵拉一副不馴的口氣。

「當然，訊息不會受到影響，」蒙塔格太太有些煩躁的拍著那些紙張，「我想我們當時做的介紹很正確。我相信乩板很清楚你們兩個的差別，不過我當然不會在意被誤導。」

「不要覺得不受青睞，」路克對狄歐朵拉說。「我們一定會挑你來活埋。」

「那個東西要是傳訊息給我，」狄歐朵拉說，「我希望它告訴我祕密藏寶的地方。我才不要看到『送花給我姑媽』這種廢話。」

大家都刻意的不看我，伊蓮娜想著，我又中標了，他們一定是好心假裝沒事。「你覺得為什麼偏要傳送給我呢？」她問，很無助的語氣。

「真的，孩子，」蒙塔格太太把那一大疊紙放在矮桌上，「我也說不出為什麼。其實你不只是一般普通的孩子吧？你或許要比你想像的更具有通靈的能力，不過——」她冷漠的別過臉去，「你怎麼會，在這棟房子裡一個星期都沒接收到一丁點『那邊來的訊息』……這爐火需要撥一下了。」

「娜娜不想要收到『那邊』來的訊息，」狄歐朵拉安慰著說，她把伊蓮娜冰冷的一隻手握在自己的手裡。「娜娜只想要在她那張溫暖的床睡個好覺。」

安詳，伊蓮娜堅定的想著，這個世上我要的只是安詳，一個安靜的，可以躺可以想的地方，在花叢中可以作夢，可以跟自己講故事的一個安靜的地方。

4

「我，」阿瑟慷慨激昂的說，「要把我的總部設在育嬰室旁邊的小房間，只要喊一聲就聽得見的距離。我要隨身帶一把手槍——不要驚嚇，女士們；我的槍法超準——還有手電筒，外加一只響亮的哨子。萬一發現有任何風吹草動，我立刻就可以呼叫各位，或者是我有需要同伴的時候。各位一定可以睡得很安穩，我掛保證。」

「阿瑟，」蒙塔格太太補充說明，「會巡邏整棟房子。每小時，他固定尋一遍樓上的房間；我想今天晚上樓下的房間大概不必再巡了，現在我人就在這兒。這種事我們以前做過太多次了。來吧，各位。」大夥沉默的跟著她走上樓梯，看著她愛惜的輕觸著樓梯的扶手和牆上的雕飾。「我們真是福氣，」她說，「能夠知道存在這棟房子裡的靈體是在等待一個釋放的機會，講講他們的故事，讓他們卸下悲痛的擔子。好吧。阿瑟首先要檢查的是臥室。阿瑟？」

「抱歉，女士們，抱歉了。」阿瑟打開了伊蓮娜和狄歐朵拉合住的藍室房門。「一個精緻小巧的地方，」他裝腔作態的說，「非常適合兩位美女；我想，如果兩位願意，就由我來查看一下衣櫥裡面和床鋪底下。」大家嚴肅的看著阿瑟跪趴在地上，仔細看過床底下，站起來，撣撣手上的灰。「非常安全。」他說。

「現在，我該去哪裡？」蒙塔格太太問。「那個年輕人把我那些包裹都放到哪裡去了？」

「就在走廊的盡頭，」博士說。「我們叫它育嬰室。」

蒙塔格太太果斷的走過去，阿瑟跟隨在後，經過走廊的冷點，打了個冷顫。「我一定要從別的房間拿兩條毯子過來。」開了育嬰室的門，她點點頭說：「床看起來相當乾淨，我必須承認——咦，這個房間有空調嗎？」

「我跟達利太太說過了。」博士說。

「聞起來有霉味，阿瑟，儘管再冷，你還是得把那扇窗子打開。」

育嬰室牆上的動物陰沉的俯瞰著蒙塔格太太。「你確定……」博士遲疑著，擔憂的抬頭看一眼門上那兩張笑臉。「我看是不是應該找個人來陪你。」他說。

「親愛的，」蒙塔格太太，在這些往生的魂魄前面，她的脾氣反而變好了，她逗趣的說：「有多少個小時——有多少個，多少個小時——我不都是一直這樣的嗎？在最純最真的愛和了解當中獨自坐著，看似一個人在房間裡，可又從來不是一個人？親愛的，我要用什麼方法才能夠讓你體會，只要有愛和同理心就不會有危險呢？我來這裡就是要幫助這些不幸的亡魂——我來這裡就是要伸出真誠親切的手，讓他們知道這裡還是有人記得他們，願意聆聽，為他們流淚；他們的寂寞孤單都結束了，而我——」

「沒錯，」博士說：「但是要把房門開著。」

「不鎖就是了，如果你堅持。」蒙塔格太太一副寬大為懷的姿態。

「我就在走廊這邊。」博士說。「我沒辦法巡邏，因為那是阿瑟的職責，不過只要你有需要我都能聽見。」

蒙塔格太太大笑，朝著他揮了揮手。「其他這幾個人需要你保護的程度大概勝過我。」她說。「我會量力而為，當然。他們看似兩眼無神心腸很硬，其實非常、非常的脆弱。」

路克一直跟在阿瑟後面，一臉看好戲的表情，阿瑟以同樣的模式檢查過另外幾間臥室之後，回來對博士精神十足的點個頭。「警報解除，」他說。「現在你們可以高枕無憂了。」

「謝謝你。」博士鄭重的說，然後轉向他太太，「晚安。要小心。」

「晚安。」蒙塔格太太笑笑的看著大家。「不用害怕，」她說。「不管發生什麼，請記住有我在。」

「晚安。」狄歐朵拉說，「晚安。」路克接著說。阿瑟在後面再三保證，他們只管好好的睡覺，如果聽到槍響不必擔心，午夜十二點他開始第一次夜巡，伊蓮娜和狄歐朵拉走進她們倆的房間，路克也走回自己的臥房。過了一會博士才勉強離開他太太關閉的房門，跟著走了。

「等一下，」一進房，狄歐朵拉就對伊蓮娜說：「路克說要我們去走廊；不要脫衣服，不要出聲。」她把房門隙開一條縫，側著頭悄悄的說：「我敢發誓那個大嘴婆會用她完美的大愛的志業把這棟房子給拆了；如果要我說，我想完美的大愛唯一派不上用場的地方就是大山厝。啊，阿瑟關上房門了。快，別出聲。」

走在走廊的地毯上，完全沒有一點聲音，她們踩著只穿了襪子的腳快速的走過走廊，來到博士的房間。「快，」博士把房門開到僅僅夠她們進來的寬度，「安靜，別出聲。」

「很不安全。」路克把門關上回過來坐在地板上，「那個人真的會開槍的。」

「我不喜歡這樣。」博士憂心的說。「我和路克一起守夜，我要你們兩位女士待在這兒，我們可以照顧你們。好像會出事，」他說。「我不喜歡這樣。」

「我只希望她，和她的乩板，別惹出什麼大麻煩。」狄歐朵拉說。「抱歉，蒙塔格博士，我不是有心冒犯你太太。」

博士哈哈一笑，眼神卻始終盯著房門。「她原本打算全程跟著我們住，」他說，「後來因為報名參加瑜伽課，她不能缺席。她是個在很多方面都很傑出的女人。」他殷切的看著他們。「她是個好太太，對我照顧得無微不至。她樣樣都會做，真的。幫我縫襯衫鈕釦。」他笑咪咪的說。「這個——」他朝走廊的方向指了指，「算是她唯一的惡習。」

「或許她覺得她是在幫你的忙。」伊蓮娜說。

博士無奈的扮個臉色，抖了抖身子；就在這一刻，房門嘩的大開再砰的關上，在門外的寂靜中，他們聽見緩慢的，刷刷的移動聲，彷彿一陣極穩定、極強烈的風颳過整個走廊。四個人你看我，我看你的互看著，他們努力露出笑容，想要在這緩慢升起的，不真實的寒氣底下展現勇氣——忽然，在吵雜的風聲中，樓下出現了敲門聲。狄歐朵拉二話不說，拿起博士床尾的被子裹住她自己和伊蓮娜，四個人緊緊的靠在一起。為了不出聲，大家刻意放慢動作。伊蓮娜緊貼著狄歐朵拉，儘管狄歐朵拉抱著她，還是冷得要命，伊蓮娜想著，「它」知道我的名字，這次「它」知道了我的名字。砰砰的聲音上樓梯了，每一步都震的山響。博士繃緊神經，站到門邊，路克挪過去站在他身旁。「離育嬰室遠得很，」他對博士說，一面出手制止博士開門。

「老是聽這種砰咚砰咚的聲音煩死人了。」狄歐朵拉故意耍寶。「明年夏天，我絕對要換個地方去。」

「到哪裡都會碰到麻煩事。」路克對她說。「大湖區會有蚊子。」

「大山厝的節目我們早看膩了吧？」狄歐朵拉問，她的口氣很輕鬆，聲音卻抖得厲害。「砰咚砰咚的這幕戲好像之前已經看過了；難道又要從頭再來一遍嗎？」撞擊聲在走廊上回響，似乎來自很遠的那一端，在最遠的育嬰室那邊，博士緊張的貼著房門，焦慮的搖著頭。

「我非得出去才行。」他說。「她會嚇著的。」他告訴他們。

伊蓮娜隨著砰咚砰咚的聲響搖晃著，走廊上的聲音似乎和她腦子裡的聲音合而為一，她緊緊抓住狄歐朵拉說：「他們知道我們的位置。」其餘的人都以為她指的是阿瑟和蒙塔格太太，他們點著頭用心聽。伊蓮娜兩手摀住眼睛，身體隨著聲音搖擺，她告訴自己，這個敲擊聲會沿著走廊走下去，它會繼續不斷的走到走廊盡頭，再轉回來，再照原來的樣子繼續的走，之後就會停止，之後我們就會相視大笑，拚命回想著當時徹骨的冷，和嚇得背脊發麻的感覺；再過一會兒一切就停止了。

「它從來沒傷害過我們，」狄歐朵拉隔著撞擊聲對博士說。「它也不會傷害他們的。」

「我只希望她別對它做出什麼傻事。」博士認真的說；他仍然站在門邊，但是似乎懾於門外的那個音量，他沒辦法把門打開。

「我非常肯定這是個老手。」狄歐朵拉對伊蓮娜說。「靠近一點，娜娜；保暖要緊。」她在被子底下把伊蓮娜攏得更近，那一股令人毛骨悚然的冷團團的圍住他們。

跟以往一樣，忽然間，靜止了，是他們所熟悉的，在暗中蠕動的靜默；他們屏住呼吸，互相對看。博士兩手握著門把，而路克，儘管臉色發白，聲音發抖，卻語帶輕鬆的說：「白蘭地，有沒有人想喝？我熱愛的身心靈——」

「少來。」狄歐朵拉吃吃的傻笑。「少來這種雙關語。」她說。

「抱歉。你可能不會相信，」路克說，他倒酒的時候酒瓶不斷撞擊著杯子，「我可不認為那是雙關語。這是住在一棟鬧鬼的房子裡必須要有的幽默感。」他用兩手護著杯子，走到狄歐朵拉和伊蓮娜裹著被子坐著的床邊，狄歐朵拉伸出一隻手接過酒杯。「來，」她把酒杯湊到伊蓮娜的嘴上。「喝。」

啜了一小口，沒有暖意，伊蓮娜想著，現在我們是在暴風眼裡；時間不多了。她看著路克小心翼翼的捧著一杯白蘭地走到博士跟前遞上去，就在這一秒，無預警的，房門無聲無息的猛烈震動起來，她眼睜睜的看著酒杯從路克指尖滑落到地板上。路克一把將博士往回拽，房門毫無聲息的遭到了攻擊，幾乎連門上的鉸鍊都快要被扯開，幾乎就要脫落了，馬上就要讓他們曝光了。路克和博士往後退，緊張，束手無策。

「它不可以進來，」狄歐朵拉盯著房門，一遍又一遍的低聲唸著，「它不可以進來，不要讓它進來，它不可以進來——」震動停止了，房門靜悄悄，門把上開始出現一絲絲充滿憐愛的撫摸，感覺很親切很溫柔，但是，因為門上了鎖，它開始輕輕的拍打起門框，彷彿在懇求讓它進來。

「它知道我們在這裡。」伊蓮娜小聲說，路克側過臉看著她，惱火的比手勢要她閉嘴。好冷啊，伊蓮娜孩子氣的想著；腦袋裡那麼多的噪音，我永遠都沒辦法睡覺了；其他的人又怎麼會聽得見我腦袋裡的聲音呢？我正在一點一點的消失，一點一點的沒入這棟房子，因為這些噪音正在一步一步的拆散我；為什麼其他的人也會害怕呢？

她模糊的意識到撞擊的聲音又開始了，金屬般刺耳的聲音像海波浪似的沖擊著她；她把冰冷的雙手按到嘴巴上，試著感覺自己的臉是否還在；我受不了了，她想，我太冷了。

「在育嬰室的門口。」路克緊張的說，他的聲音夾雜在噪音裡非常清晰。「就在育嬰室的門口——不要。」他出手阻止博士。

「最純潔的愛，」狄歐朵拉發瘋似的說，「最純潔的愛。」她又開始吱吱咯咯的傻笑。

「只要他們不開門——」路克對博士說。博士站起來，頭緊貼在房門上，用心的聽，路克仍舊抓著他的手臂阻止他有任何動作。

現在我們要有一種新的怪聲音了，伊蓮娜想著，她在傾聽自己的腦袋；現在就在改變。撞擊聲停止了，彷彿它發現撞擊無效，現在走廊裡來來回回的出現了一種很矯健敏捷的走動聲，好像一隻急性子的動物在那裡來來回回的踱步，從一扇門到另一扇門，留意著門裡的一舉一動，還有，伊蓮娜熟悉的那種細小的，含混的嘟囔聲；是我發出來的嗎？她直覺的反應，是我嗎？於是她聽見門外細細小小的笑聲，在嘲弄她。

「呼呼——嘿嘿——哈哈㉝——」狄歐朵拉低聲哼著，笑聲擴大了，變成吶喊；它是

㉝ fe-fi-fo-fum，童話故事《傑克與魔豆》當中，巨人的口頭禪。

在我腦袋裡的，伊蓮娜兩手摀著臉，想著，它是在我腦袋裡的，現在要跑出來了，要跑出來了——

整棟房子開始顫抖搖晃，窗簾劈劈啪啪的衝撞著窗子，家具在擺盪，走廊上的噪音大到連牆壁都在震動；他們聽見走廊裡掛的畫像掉了下來，玻璃震碎的聲音，或許也是窗子砸碎的聲音，路克和博士緊張的抵著房門，彷彿在抵死守住這道門似的，地板在他們腳下移動。我們出來了，我們出來了，伊蓮娜想著，遠遠的，她聽見狄歐朵拉在說話，「房子要倒了。」她聽起來很鎮定，沒在害怕。伊蓮娜東歪西倒的抓著床，低下頭，閉起眼睛，咬著嘴唇，她冷得受不了。房間在她身子底下傾斜，她反胃的摔了下來，房子又再自動回正，然後旋轉，很慢很慢的，開始擺盪。「全能的上帝啊。」狄歐朵拉說，感覺隔了一哩路那麼遠的房門邊，路克抓住博士，攙扶他站直。

「你們還好嗎？」路克喊著，再回頭繼續抵著房門，繼續攬著博士的肩膀。「狄歐，你還好嗎？」

「還撐得住，」狄歐朵拉說。「我不知道娜娜怎樣。」

「要幫她保暖。」路克說，聲音很遠很遠。「看樣子事情還沒完呢。」他的聲音漸漸飄走了；伊蓮娜聽得見也看得見他——他、狄歐朵拉、博士三個人仍舊待在很遠很遠的那個房間裡等待著；在翻天黑地的黑暗中，她覺得沒有一樣東西是真實的，除了她兩隻白皙、緊扣著床柱的手。她可以清楚的看見，它們非常小，在床鋪搖晃的時候，牆壁朝前傾的時候，房門轉向的時候，她看見它們抓得很緊很緊。不知道哪裡響起一陣天搖地動的聲音，好像是某個巨大的東西一頭栽了下來；那一定是塔樓，伊蓮娜想，我還以為多少年它都不會倒呢；我們迷失了，迷失了，這棟房子自己在毀滅了。她聽見到處都是笑聲，細細的瘋瘋癲癲的，她想，不；它是為了我毀掉的。它太過分了，她想，我決定要放棄我的這一份「所有權」，我要正式宣布棄權，過去沒有得到的現在也不要了；不管它要什麼我都給它。

「我會來的！」她大聲的說，她是在對著湊近過來的狄歐朵拉說。房間出奇的安靜，在文風不動的窗簾中間，她看見了陽光。路克坐在窗邊的一張椅子上；他的臉青一塊紫一塊，他的襯衫扯破了，他還在喝白蘭地。博士靠坐在另一張椅子上；他梳洗過，一副神清氣爽，很有自信的樣子。狄歐朵拉彎身對著伊蓮娜，說：「我看她應該沒事。」伊蓮娜坐起來，兩眼發直的搖搖頭。這棟房子，沉著安靜，不動如山的圍繞著她，什麼東西也沒移動過。

「怎樣了……」伊蓮娜說，另外三個人放聲大笑。

「又過了一天。」博士說，他的外表很像樣，聲音卻疲軟無力。「又過了一個晚上。」他說。

「就像我之前說過的，」路克說，「住在一棟鬧鬼的屋子裡就得跟陰間耍耍幽默；我絕對不是故意在用禁忌的雙關語啊。」他對狄歐朵拉說。

「怎樣了——他們？」伊蓮娜問，這幾個字不像她說的，她的嘴很僵硬。

「兩個人睡得就像嬰兒。」博士說。「說真的，」他的語氣，很像是在繼續著伊蓮娜熟睡這段時間裡的一個話題，「我不相信我太太在那場暴風雨當中沒驚醒過，可是我必須承認關於純愛的說法……」

「出了什麼事？」伊蓮娜問；我八成一整晚都在磨牙，她想，我的嘴巴感覺太怪了。

「大山厝不斷的跳舞，」狄歐朵拉說，「帶我們跳了一場瘋狂的午夜熱舞。至少，我的感覺是像在跳舞；它可是翻了好多個筋斗。」

「快九點了，」博士說。「等伊蓮娜準備好了……」

「來吧，寶貝。」狄歐朵拉說。「狄歐幫你洗把臉，讓你乾乾淨淨整整齊齊的去吃早餐。」

第八部

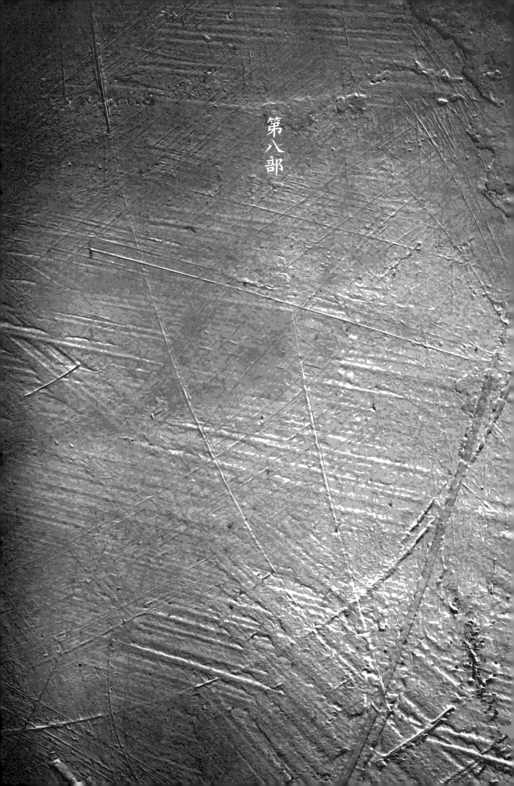

1

「有誰跟他們說過達利太太十點鐘就要來收拾桌子了？」狄歐朵拉若有所思的朝咖啡壺裡看了看。

博士猶豫著。「經過這樣一個晚上，我真不想去叫醒他們。」

「他們來了。」伊蓮娜說。「我聽見他們在下樓梯。」這房子裡所有的一切我都聽得見，她真想告訴他們。

果然，遠遠的，傳來了蒙塔格太太的聲音，大家敏感的站起來，路克忽然想到一件事，「啊呀——他們找不到餐廳的位置。」說著他立刻趕過去把門打開。

「——一定要通風。」蒙塔格太太的聲音先到，人隨後大搖大擺的進了餐廳，她先在博士肩膀上輕輕一拍表示問候，再向其餘的人點個頭。「說實在，」她一入座立刻發難，「我以為你們會來叫我們吃早餐。餐點大概都冷了吧？這咖啡還能喝嗎？」

「早。」阿瑟一臉的不高興，悻悻然的坐了下來。狄歐朵拉趕緊把咖啡送到蒙塔格太太面前，匆忙之間幾乎把咖啡壺打翻。

「咖啡倒是還挺熱的，」蒙塔格太太說。「今天早上我無論如何都要跟你們那位達利太太說說話。那個房間一定要有空調才行。」

「昨晚如何？」博士小心的問，「你是不是過了一個——呃——很有收穫的夜晚？」

「如果說你所謂的收穫指的是舒服，約翰，我希望你直話直說。不是，我直接回答你這句拐彎抹角的話，我過了很不舒服的一個晚上。我根本沒闔過眼。那個房間簡直教人無法忍受。」

「老房子吵得很，是吧？」阿瑟說。「樹枝一整夜不斷的敲著我的窗戶；幾乎把我逼瘋了，啪嗒啪嗒啪嗒。」

「就算開著窗子，房間還是悶得要命。達利太太的咖啡比她的內務管理來得高明。再來一杯，拜託。我太驚訝了，約翰，你居然把我安排在一間完全不通風的房間；如果要跟那些亡靈溝通，空氣流通是最起碼的條件。我一整晚都在聞灰塵的味道。」

「我真是不懂你們，」阿瑟對博士說，「在這裡把自己弄得緊張兮兮的。我拿著左輪手槍坐在那裡守了一整夜，連隻耗子也沒有。除了那根討厭透頂的樹枝，不斷啪嗒啪嗒的敲著窗子。簡直快把我逼瘋了。」他對著狄歐朵拉訴苦。

「當然，我們不會就此放棄希望。」蒙塔格太太沉著臉瞪著她的丈夫。「說不定今天晚上就會有一些顯示。」

2

「狄歐？」伊蓮娜放下了筆記本，仍在埋頭苦幹的狄歐朵拉皺起眉頭抬眼看她。「我一直在想一件事。」

「我討厭做筆記；我覺得自己像個傻瓜，一天到晚寫這些個無聊東西。」

「我一直在想。」

「怎麼？」狄歐朵拉笑了笑。「你看起來好嚴肅，」她說。「你是不是要做出什麼重大的決定了？」

「是的，」伊蓮娜堅決的說。「關於往後我該怎麼辦。在我們大家離開大山厝之後。」

「怎麼說？」

「我要跟你去。」伊蓮娜說。

「跟我去哪裡？」

「跟你回去，回家。我——」伊蓮娜似笑非笑，「要跟你回你的家。」

狄歐朵拉愣住。「為什麼？」她呆呆的問。

「我從來沒有一個真正想要去關心的人。」伊蓮娜說，她暗自奇怪，這句話好像在哪裡曾經聽誰說過。「我要去一個屬於我的地方，我的歸宿。」

「我沒有帶流浪貓回家的習慣。」狄歐朵拉口氣輕鬆的說。

伊蓮娜也哈哈大笑。「我確實像隻流浪貓，對不對？」

「嗨，」狄歐朵拉再度拿起鉛筆。「你有你自己的家。」她說。「時候到了你就會開開心心的回家去了，娜娜，我的小娜。我相信我們大家都會開開心心的回家。昨晚上那些怪聲音你是怎麼寫的？我不會形容啊。」

「我會來的，你知道。」伊蓮娜說。「我會來的。」

「小娜啊，小娜。」狄歐朵拉又開始大笑。「你聽著，」她說。「這只是一個夏天，只是到鄉下一棟可愛的老別墅裡來作幾個禮拜的客。回去之後你有你的生活，我有我的生活。等到夏天過了，我們就走了。當然，我們可以互相通信，也許還可以到彼此的家裡玩，大山厝並不代表永遠，你知道的。」

「我可以找份工作；我不會妨礙到你。」

「我真不懂。」狄歐朵拉生氣的拋下鉛筆。「你是不是老是去一些人家不要你的地方？」

伊蓮娜平靜的笑著。「任何地方都沒有人要我。」她說。

3

「所有的一切都那麼的母性，」路克說。「每一樣東西都那麼的柔軟。那麼的飽滿。看這些溫馨的大椅子大沙發，結果呢，一坐上去卻是硬邦邦的，馬上就拒你於千里之——」

「狄歐？」伊蓮娜溫婉的說，狄歐朵拉看著她，惶惑的搖著頭。

「——還有這些手，到處都是。小小的軟軟的玻璃手，一隻隻的伸向你，在召喚——」

「狄歐？」伊蓮娜說。

「不，」狄歐朵拉說。「我不能接受你。我不想再談這件事了。」

「或許，」路克看著她們的互動，說：「世上最令人受不了的就是過分的誇張。我請你們客觀的來瞧瞧這個燈罩，它由許許多多小塊小塊的碎玻璃黏合起來的，還有樓梯上那一個個超大的圓形燈球，還有狄歐手肘邊上那個有波紋的七彩糖果罐。餐廳裡有一只特別髒的黃色玻璃碗，捧在一個小孩子的手裡，還有一顆裡面有牧羊人在跳舞的復活節糖蛋。還有那一個用頭頂著樓梯扶手的大胸脯女人，還有客廳的玻璃鎮——」

「小娜，別再煩我了。我們去溪邊走走吧。」

「——一張小孩子的臉，是用十字繡繡出來的。娜娜，不要一副為難的樣子；狄歐只是建議你去溪邊走走。只要你喜歡，我也一起去。」

「做什麼都行。」狄歐朵拉說。

「去嚇嚇那些小兔子。只要你喜歡，我會帶一根棍子。只要你喜歡，我不去也行。狄歐只差沒說出來而已。」

狄歐朵拉哈哈大笑。「或許娜娜寧可待在這兒在牆上寫字吧。」

「太不厚道了。」路克說。「太過分了，狄歐。」

「你再說牧羊人在復活節糖蛋裡跳舞的那段給我聽。」狄歐朵拉說。

「一個裝在糖蛋裡的世界。六個非常小的牧羊人在跳舞，一個穿著粉紅色和藍色的牧羊女斜靠在長滿青苔的河岸上欣賞；有花有樹有羊群，一個老牧羊人在吹排笛。我倒是很想當一個牧羊人。」

「如果你不是鬥牛士。」狄歐朵拉說。

「如果我不是鬥牛士。娜娜的緋聞將會是咖啡廳裡最夯的話題，記得吧。」

「你這個潘恩㉞。」狄歐朵拉說。「你應該住在樹洞裡，路克。」

「娜娜，」路克說，「你沒在聽。」

「我看是你把她嚇著了，路克。」

「是因為大山厝有一天會完全歸我所有，包括這裡所有的寶物和墊子嗎？對一棟房子我可不會寬待它，娜娜；很可能我會來一次大造反，把復活節的糖蛋砸爛，把小孩的手敲碎，跳上跳下的在樓梯上大吼大叫，再狠揍那個頭上頂著扶手的大胸脯女人；我很可能——」

「看吧？你真的嚇到她了。」

「我想也是。」路克說。「娜娜，我只是在瞎扯。」

「我看他連一根手杖都得不到。」狄歐朵拉說。

「事實上，真是這樣。娜娜，我只是在瞎扯。她在想什麼心事，狄歐？」

狄歐朵拉謹慎的說：「她要我在離開大山厝之後帶她回我的家，我不肯。」

路克大笑。「可憐的傻娜娜，」他說。「漂泊止於情人的相遇。走，我們去溪邊吧。」

「一棟母親的房子，」路克說，他們走下台階走到草坪上，「一個女總監，一個女校長，一個女主人。大山厝真正歸我所有的時候，我相信我肯定是個非常糟糕的男主人，像我們的阿瑟。」

「我想不通會有誰真想要當大山厝的主人。」狄歐朵拉說，路克轉身興味盎然的看著這棟房子。

「在沒看清楚它之前，你不會知道自己到底要什麼。」他說。「如果我沒有這個擁有的機會，我的感受可能會非常的不一樣。人與人彼此之間要的究竟是什麼呢?就像娜娜有一次問我：其他的人究竟有什麼用呢?」

「我母親的死是我的過錯。」伊蓮娜說。「她敲著牆壁不斷的喊我喊我，我沒有醒來。我應該拿藥給她吃的；之前我都有做到。可是那次她喊我，我居然沒醒來。」

「你現在應該把這一切都忘了。」狄歐朵拉說。

「從那以後我總是在想，會不會當時我是醒了。會不會當時我明明醒了聽見她在喊，會不會我又去睡了。這很簡單，很有可能，對這件事我一直很疑惑。」

「這裡該轉彎了，」路克說。「如果我們要去溪邊。」

「你想太多了，娜娜。你大概就是喜歡把過錯都往自己身上攬。」

「其實，這事遲早都會發生。」伊蓮娜說。「不過，不管它什麼時候發生，當然還是我

㉞ Pan，希臘神話中的牧神，人身羊足。

的錯。」

「如果它沒有發生，你就永遠來不了大山厝了。」

「這裡不能並排走。」路克說。「娜娜，你走前面。」

伊蓮娜自在的踩著小路，笑咪咪的走在前面。現在我知道我要去哪裡了，她想著；我把母親的事講給她聽就沒事了；然後我就要去找一間小屋子，或者去找一間像她家那樣的公寓。我每天都會見到她，我們會一起去尋覓很多可愛的小東西——鑲金邊的盤子，小白貓，復活節的彩蛋，有小星星的杯子。今後我再不會害怕，再不會孤單了；我也要只稱呼自己是「伊蓮娜」。「你們兩個在談論我嗎？」她偏著頭問。

過了好一會路克才委婉的回答：「要想斷定娜娜靈魂中的善與惡，我看我必須是上帝才行。」

「反正我們兩個她誰也信不過。」狄歐朵拉打趣的說。

「我當然不行。」路克說。

「再說，娜娜，」狄歐朵拉說，「我們根本沒在談論你。好像我是愛管閒事的體育老師似的。」她故作生氣的對路克說。

我等了這麼長的時間，伊蓮娜想著，現在終於贏得了幸福快樂。她帶頭登上了山頂，望著前往溪邊必經的那一排樹林。這些樹木悠然的矗向天空，她想著，那麼挺那麼自由；路克說這裡處處柔軟，他錯了，因為這些樹就是堅硬的木頭啊。他們還在談論我，他們在談我怎麼來到大山厝，找到了狄歐朵拉，現在又怎麼不肯放開她。她聽得見她後面嘀嘀咕咕的說話聲，偶爾鬥鬥嘴，偶爾挖苦幾句，偶爾又出現幾聲類似一家親的笑聲，她像做夢似的走著，聽著跟在身後的他們。她感覺得到他們跟著她走進高高的草叢，野草在他們的腳下發出窸窸窣窣的響聲，一隻受驚的蚱蜢急忙跳開。

我可以在她店裡幫忙，伊蓮娜想著；她喜歡美的東西，我會跟她一塊兒去搜尋。我們愛去哪就去哪，天涯海角，只要我們喜歡，想回家的時候就回家。這會兒他正在跟她說他對我的看法：他在說我不是一個容易接近的人，他說我周圍有一道夾竹桃的牆，她在大笑，因為今後我再也不會孤單寂寞了。他們兩個非常近似，他們是同一類的；我不可能指望從他們身上得到太多；我來是對的，因為漂泊止於情人的相遇。

她走在堅硬的枝椏底下，曬了一路的太陽，林蔭涼爽宜人；現在她必須得更加小心的走，開始下坡了，路上不時的會有石塊和樹根。在她後面，他們的說話聲繼續著，又快又尖，過一會稍微慢下來，笑聲始終不斷；我不要回頭看，她快活的想著，一回頭他們就知道我在想什麼；將來我們有的是時間在一起說話，我和狄歐。我的感覺多麼奇怪啊，她想著，她走出了林子踏上最後一段通往溪邊的陡坡；我好像被困住了，可是我還是充滿喜樂。我不要東張西望，等我到了溪邊，等我到了我們剛來的那天，她差一點摔倒的那個地方再說；我要再跟她提起溪裡的金魚和野餐的事。

她坐在狹窄的綠色溪岸，把下巴抵在膝蓋上。這輩子我絕不會忘記這一刻，她向自己許諾，她聽著他們的說話聲和慢慢走下山坡的腳步聲。「快點。」她說著回過頭去看狄歐朵拉。「我——」她不出聲了。山坡上一個人也沒有，只有走在小路上清楚的腳步聲和模糊的嬉笑聲。

「誰——？」她悄悄的問。「誰？」

她看見草叢在腳步的重量底下壓扁了。她看見又一隻蚱蜢激動的跳開，一粒小石子噗的滾到一旁。她清楚的聽見小路上刷刷的腳步聲，她站在岸邊，聽見笑聲靠得非常近；「伊蓮娜，伊蓮娜。」她的腦袋裡外都聽見了；這是她聽了一輩子的呼喚聲。腳步聲停了，一陣實心的氣流湧過來，她一個踉蹌，氣流穩穩的把她托住。「伊蓮娜，伊蓮娜。」在拂耳的風聲中她聽見了。「伊蓮娜，伊蓮娜。」她被托得很緊實，很安全。一點都不冷，她想著，一點都不冷。她閉上眼睛，往後靠著溪岸，想著，不要放開我，別走，別走，托住她的緊實感溜走了，離開她漸漸消失了；「伊蓮娜，伊蓮娜。」她又聽見叫喚聲，她站在溪邊，全身顫抖，彷彿太陽已然隱去，她毫不驚訝的看著虛空的腳步踏過溪水，水面泛起小小的漣漪，然後踏上了對岸的草叢，慢慢的，依依不捨的翻過山頭。

回來！她站在溪邊發抖，幾乎脫口而出的這麼說——突然，她轉身，向山坡上狂奔，一面跑一面哭喊著，「狄歐？路克？」

她發現他們在一小簇樹林裡，靠著樹幹，輕聲細語的聊著，笑著；她奔了過去，他們轉過頭，顯得很詫異，狄歐朵拉幾乎要發火了。「這次你又想幹什麼？」她說。

「我在溪邊等你們——」

「我們決定待在這兒，比較涼快。」狄歐朵拉說。「我們以為你聽見我們喊你了。對不對，路克？」

「對啊。」路克有些尷尬。「我們相信你的確聽見了。」

「反正，」狄歐朵拉說，「我們馬上也要過去了。對不對，路克？」

「對。」路克咧著嘴說。「對啊。」

4

「地下水。」博士揮著叉子說。

「胡扯。你們三餐都是達利太太做的嗎？這個蘆筍真的不錯。阿瑟，讓那個年輕人再幫你拿一些蘆筍。」

「親愛的。」博士深情的望著他太太。「我們習慣午餐之後休息一個小時；若你——」

「當然不。我在這裡這段時間有太多事情要做了。我得跟你的廚子談一談，我得把我房間裡的通風設備處理好，今天晚上我還得再跟乩板開一節課；阿瑟也要擦他的左輪槍。」

「一個戰備人員的標誌，」阿瑟加碼確認。「火器永遠保持最佳狀況。」

「當然，你和這幾個年輕人可以休息。或許你覺得我做的這些都不是什麼急事，把幫助一些徬徨無助的亡魂當成件大事，你或許覺得我對他們的同情心很蠢，甚至我在你眼裡簡直荒謬可笑，因為我居然為了一個迷失的，被拋棄又無助的孤魂，一灑同情之淚；純愛——」

「槌球？」路克搶著說。「槌球，不錯吧？」他急切的朝著他們一個一個的看著。「羽毛球？」他再建議。「槌球？」

「地下水？」狄歐朵拉回歸正題。

「我不要調味醬。」阿瑟堅決的說。「我告訴我的學生這是小白臉的標誌。」他意有所指的看著路克。「小白臉的標誌。調味醬，就是靠女人服侍你。我的學生都會自己服侍自己。真男人的標誌。」他對著狄歐朵拉說。

「你還教他們什麼？」狄歐朵拉客氣的問。

「教？你的意思是——他們還學些什麼，我那些學生？你的意思是——代數？拉丁文？當然。」阿瑟往後一靠，很得意。「這一類的東西都丟給老師就行了。」他說。

「你學校裡有多少學生？」狄歐朵拉身子向前傾，一副殷勤，討好，以客為尊的談話姿態，阿瑟樂得暈陶陶；坐在主位的蒙塔格太太皺起眉頭，不耐煩的敲著手指。

「多少？多了。我們有一組極優的網球隊，你知道吧。」他滿面春風看著狄歐朵拉。

「一流。絕對是頂尖的。不把那些弱雞算在內？」

「不算，」狄歐朵拉說，「那些弱雞。」

「啊。網球。高爾夫。棒球。田徑。槌球。」他調皮的笑著。「沒想到我們會打槌球吧？還有游泳、排球。有些學生樣樣都來，」他熱切地說，「全能型的。大概七十個吧，加總起來。」

「阿瑟？」蒙塔格太太忍無可忍了。「不談公事。你在度假，別忘了。」

「是，我真糊塗。」阿瑟一往情深的笑著。「得去檢查武器了。」他說。

「現在兩點，」達利太太在門口說。「我兩點來收拾。」

5

狄歐朵拉哈哈大笑，伊蓮娜躲在涼亭後面的樹蔭裡，兩手摀著嘴，不許自己開口說話，不讓他們知道她在這裡；我一定要查個明白，她想著，我一定要查個明白。

「名字叫做『格拉登滅門案』，」路克說，「很可愛的一首歌。如果你喜歡，我可以唱給你聽。」

「小白臉的標誌。」狄歐朵拉再次哈哈大笑。「可憐的路克；換作我，我會說『痞子』。」

「如果你願意把這一個鐘頭拿去陪阿瑟……」

「我當然願意去陪阿瑟。有教養的人永遠是一個愉快的伴侶。」

「蟋蟀，」路克說。「從來沒想過我們會玩蟋蟀吧，你？」

「快唱，快唱。」狄歐朵拉笑呵呵的說。

路克唱起來，鼻音很重，每個字都唱得很用力很清楚：

「第一個是年輕的格拉登小姐，

她拚了命的不讓他進來；
他用玉米刀把她戳死，
他的罪行就從這裡開始。

「第二個是格拉登老奶奶，
她又老又弱又衰；
她拚死抵抗入侵者
直到力氣用光。

「第三個是格拉登老爺爺，
他坐在爐火邊；
他從後面偷偷爬近
拿鐵絲把他勒斃。

「最後一個是格拉登寶寶
睡在有輪子的小床上；

他捅他的小肋骨
寶寶最後一命嗚呼。

「於是他吐了一口菸草渣
在他金色的頭髮上。」

他唱完了，一陣沉默之後，狄歐朵拉虛弱的說：「很不錯，路克。美得不得了。我以後只要聽到它一定會想起你。」

「我準備唱給阿瑟聽。」路克說。他們究竟要到什麼時候才談論我？伊蓮娜在陰影裡想著。過了一會兒路克閒閒的說：「我不知道博士的書上會寫些什麼？你看他會不會把我們寫進去？」

「你可能變成一個熱誠的研究通靈的小伙子。我肯定是一個天賦過人但是名聲欠佳的女人。」

「我不知道蒙塔格太太會不會也占一個位置。」

「還有阿瑟。還有達利太太。我希望他別把我們全部濃縮在一個圖表上。」

「很難講，很難講。」路克說。「今天下午挺熱的。」他又說。「有沒有什麼涼快一點的事可做？」

「我們可以叫達利太太做檸檬水喝。」

「你猜我想做什麼？」路克說。「我想探險。我們順著小溪往山裡走，看看它的源頭在哪裡；說不定會有個池塘，可以游泳。」

「或者是瀑布；那小溪看起來很像是順著瀑布流下來的。」

「那就走吧。」躲在涼亭後面，伊蓮娜聽著他們的笑聲和跑上那一條小路的腳步聲。

6

「這個很有趣，這裡，」阿瑟非常刻意的表現出歡樂的口氣，「這本書裡。寫說如何用一般小孩子的蠟筆來做蠟燭。」

「有趣。」博士顯得很不耐煩。「對不起，阿瑟，我有好多筆記要寫。」

「當然當然，博士。大家都有事要做。別出聲。」伊蓮娜在小客廳門外聽著，她聽見阿瑟發出一些小小的不甘願的噪音。「這裡真的沒什麼事可做，是吧？」阿瑟說。「你們平常都怎麼消磨時間？」

「工作。」博士簡短的說。

「你在寫這棟房子裡發生的事情嗎？」

「是。」

「你把我也寫進去了？」

「沒有。」

「好像應該把我們從乩板上得到的訊息寫進去才對。你現在寫什麼？」

「阿瑟。你可不可以看書，或是做點別的事？」

「當然可以。絕對不要讓我自己變成討厭的傢伙。」伊蓮娜聽見阿瑟拿起一本書，又放下，再點起一支菸，嘆氣，動了動身子，最後說：「我說，這裡真的無事可做嗎？大家都去哪裡了？」

博士耐著性子回答，但絲毫沒有興致。「狄歐朵拉和路克大概去小溪那邊探險了。其他的人大概也去了什麼地方。我相信我太太去找達利太太了。」

「噢。」阿瑟再嘆息。「我還是看書吧，」他說，過了一會兒，「我說，博士。我不想煩你，可是請你聽聽書上的這句話……」

7

「不，」蒙塔格太太說，「我很不認同讓幾個年輕人隨便混在一起，達利太太。如果我先生在安排這場異想天開的家庭派對之前先跟我商量——」

「關於這個，」這是達利太太的聲音，伊蓮娜緊貼著餐廳的門，張大了嘴抵著門板。「我總是說，蒙塔格太太，人一生只年輕一次。這些年輕人玩得很開心，對年輕人來說這很自然。」

「可是住在同一個屋簷下——」

「他們又不是還沒長大，不知道分辨對錯。那個漂亮的狄歐朵拉小姐，我認為，她早就懂得怎麼照顧自己了，不管路克先生再怎麼輕佻。」

「我要一塊乾的擦碗布，達利太太，擦這些銀器。真不像話，我覺得，現在這些孩子都那麼早熟。他們對於大人的事，多少應該要存有一些神祕感；他們應該慢慢去發現才對。」

「那他們可就累了。」達利太太的口氣很自在很舒坦。「這些番茄是達利今天早上在園子裡摘的。」她說。「今年長得很好。」

「由我來處理吧？」

「不，喔，不要。你去坐那兒休息吧；你做的夠多了。我來燒水，我們來喝杯好茶。」

8

「漂泊止於情人的相遇。」路克說，他笑看著房間那頭的伊蓮娜。「狄歐身上那件藍色洋裝真的是你的嗎？我之前沒看過。」

「我是伊蓮娜，」狄歐朵拉使壞的說，「因為我有鬍子。」

「你很聰明，帶了兩個人的衣服。」路克對伊蓮娜說。「狄歐要是穿上我的舊上裝，絕對不會這麼好看。」

「我是伊蓮娜，」狄歐說，「因為我穿藍色，我愛有E字頭的人，因為她有靈氣（Ethereal）。她的名字叫伊蓮娜（Eleanor），她活在期盼（Expectation）之中。」

她太毒了，伊蓮娜隔得遠遠的想著；似乎，她跟他們距離很遠，可是看得見，也聽得見他們。現在她在想，狄歐太毒了，路克很想示好；路克因為嘲笑我而覺得很慚愧，他也為狄歐的惡毒感到慚愧。「路克，」狄歐朵拉說，眼睛斜瞄著伊蓮娜，「再唱一次給我聽。」

「待會兒吧。」路克不自在的說。「博士已經把棋盤擺好了。」他急匆匆的走開了。

狄歐朵拉生氣的把頭往椅背上一靠，閉起眼睛，擺明了不想再說話。伊蓮娜坐著，低頭看著兩隻手，聽著房子裡的聲音。樓上哪裡的一扇門靜靜的關上了；一隻鳥稍微接觸到塔樓，又飛走了。廚房裡燒熱的爐子漸漸涼了，爆出幾聲輕微的嘎嚓聲。一隻小動物——是兔子吧？——穿過了涼亭邊上的樹叢。以她對這棟房子全新的認知，她甚至聽得見閣樓裡灰塵在輕輕飄浮，木頭在漸漸老化。只有圖書室靠她最近；但是面對著乩板的蒙塔格太太和阿瑟兩個人沉重的呼吸聲她卻聽不見，她也聽不見他們激動精采的提問；她聽不見書本在腐爛，塔裡的迴旋梯在鏽蝕。在這間小小的客廳裡，用不著抬頭，她就能聽見狄歐朵拉不高興的拍打聲和輕巧的下棋聲。她聽見圖書室的門砰的打了開來，響亮的腳步聲怒氣沖沖的朝著小客廳過來了，所有的人都轉頭，蒙塔格太太推開門大步走進來。

「我必須說，」蒙塔格太太氣急敗壞的說，「我真的必須說，這是最令人火大的——」

「親愛的。」博士站起來，蒙塔格太太不加理會的用手一揮。「如果你還有一點兒禮貌——」她說。

阿瑟尷尬地跟在她後面，幾乎是偷偷摸摸的走過去，坐進壁爐邊上的一張椅子裡。狄歐朵拉轉身看他，他無奈的搖了搖頭。

「最起碼的禮貌。再怎麼說，約翰，我大老遠的趕來，阿瑟也是，全都為了幫忙，坦白說我絕對沒有想到會碰上這樣的疑慮和猜忌，從你，從所有這些人，這些——」她朝伊蓮娜、狄歐朵拉和路克比個手勢。「我要求的，我要求的只不過是一點點的信任，對我的努力給予一點點的贊同，結果卻是不相信，嘲諷，揶揄，奚落。」她喘著氣，紅著臉，抖著一根手指指著博士。「乩板，」她氣憤的說，「今天晚上不肯跟我說話。我連一個字都要不到，這就是你們鄙視和懷疑造成的結果；乩板很有可能幾個星期都不會跟我說話——這種情形以前也發生過，我直話直說；以前發生過，在我碰上一群持懷疑論的人的時候；所以我知道乩板會沉默好幾個星期，我來這裡純粹是一番好意，我求的也只不過是一點點的尊重而已。」她抖著手指指著博士，一時間話也接不下去了。

「親愛的，」博士說，「我可以確定，我們誰也沒有故意妨礙你。」

「你們揶揄奚落，難道不是嗎？你們懷疑，對於乩板顯現出來的那些字？這幾個傲慢放肆的年輕人？」

「蒙塔格太太，真的……」路克才開口，蒙塔格太太就嘩的掃過他身邊，逕自坐了下來，緊抿著嘴唇，瞪著快要噴火的眼睛。博士嘆了一聲，欲言又止的，什麼也沒說。他暫時撇開太太，示意路克回到棋桌上。路克心領神會的跟了過去，阿瑟則在椅子上扭動身子，低聲對狄歐朵拉說：「從沒見過她這麼生氣，你明白吧。一直等著乩板的回應，真是痛苦悲慘的經驗。想也知道，要冒犯到人家很容易的。那東西對周圍的氣氛非常敏感。」他似乎覺得對於目前的狀況已經做了最充分的解釋，他靠回座位上，露出靦腆的笑容。

伊蓮娜幾乎什麼也沒聽見，她的人在房間裡心思卻隱約的在游離。有人在走動，她無所謂的想著；路克在房間裡來來回回的走，他在輕聲的自言自語；這樣下棋不是很奇怪嗎？是在哼？還是在唱？有一兩次她幾乎能聽出一兩個不連貫的字，忽然路克小聲的說話了；他就待在原來下棋的位置，伊蓮娜回轉身，看著空無一人的房中央，那裡確實有個人在來回走，在柔聲的唱，現在，她清楚的聽見在唱什麼了：

走過每個山谷，
走過每個山谷，
走過每個山谷，
像我們的從前……

啊，我知道這個，她想著，微微笑著，用心聆聽這個模糊的旋律；我們過去常常玩這個遊戲；我記得。

「沒別的，那只是一種最精密、最複雜的工具。」蒙塔格太太在對狄歐朵拉說話；她仍在生氣，但是在狄歐朵拉專注贊同的表情下，火氣顯然消了許多。「只要一點點的不相信就會冒犯到它，這是一定的嘛。如果人家拒絕相信你，你會是什麼感覺？」

進出每扇窗子，
進出每扇窗子，
進出每扇窗子，
像我們的從前……

聲音很輕快，或許只是個小孩子的聲音，歌聲很甜很細，幾乎都是氣音，伊蓮娜笑著回憶著，歌聲聽得更清楚了，它蓋過了蒙塔格太太談論乩板的說話聲。

去見你的情人，
去見你的情人，
去見你的情人，
像我們的從前……

她聽見小小的旋律逐漸消失了，她覺得空氣輕微的流動，有腳步聲走近她，有什麼東西幾乎刷到她臉上；或許她的臉頰已經有了一個細小的印記，她驚訝的轉身。路克和博士湊在棋盤上，阿瑟全心全意的緊挨著狄歐朵拉，蒙塔格太太繼續在說話。

沒有一個人聽見歌聲，她快活的想著；沒有一個人，除了我。

第九部

1

伊蓮娜輕輕帶上臥室的門，不想吵醒狄歐朵拉，不過，她想著，如果睡得都像狄歐朵拉這麼熟，這關門的聲音不可能會吵醒任何人的；我習慣了睡得很淺，她安慰自己說，因為我要留意我母親的動靜。走廊昏暗，只有樓梯口的小夜燈亮著，所有的房門都關起來了。真好玩，伊蓮娜想著，光腳無聲地走在走廊的地毯上，這是唯一一棟我不必擔心在晚上會弄出噪音的房子，或者，就算出現噪音，也沒有人知道是你弄出來的。她醒著，滿腦子想著要下樓去圖書室，她給自己找了一個理由：我睡不著，她自圓其說的告訴自己，所以我要下樓去拿本書。如果有人問我去哪裡，就說我睡不著，想下樓去圖書室拿本書看看。

很溫暖，慵懶到近乎奢侈的溫暖。她光著腳無聲的走下寬大的樓梯，走到圖書室的門口，她忽然想到，我不能進去啊；這裡是不准我進去的——她在門口退縮了，一陣腐敗的氣味，令她想吐。「媽媽。」她大聲說，人往後退。「跟我來。」樓上一個聲音清楚回答她，伊蓮娜轉身，急切的奔向樓梯。「媽媽？」她輕輕的說，接著又再說一次，「媽媽？」

一聲淺笑飄向她，她喘吁吁的奔上樓梯，停在樓梯頂，順著通道左看右看的看著那些緊閉的房門。

「你就在這裡的某個地方。」她說，通道上有小小的回音，似耳語般的隨著一陣細微的輕風傳過來。「某個地方，」它說。「某個地方。」

伊蓮娜笑著，跟著那聲音，無聲的跑過通道來到了育嬰室的門口——那個「冷點」不見了，她向著門上俯視她的兩張笑臉放聲大笑。「你是不是在這裡？」她在門外小聲說，「你是不是在這裡？」她敲門，用兩隻拳頭用力的敲。

「誰？」是蒙塔格太太，她在房間裡，顯然是剛剛醒過來。「誰？進來吧，不管你是什麼人。」

不，不，伊蓮娜想著，她抱緊自己，無聲的笑著，不在這裡，不會和蒙塔格太太在一起，她溜回通道，聽見蒙塔格太太在她身後叫喚著，「我是你的朋友；我沒有一點惡意。進來吧，有什麼困難只管告訴我吧。」

她不要去開她的門，伊蓮娜精明的想著；她並不害怕，但是她不要去開她的門，她又開始用力的敲，敲打阿瑟的房門，她聽見阿瑟驚醒的喘息聲。

她跳著舞，腳下的地毯好柔軟，她來到狄歐朵拉睡的房間門口；不忠不義的狄歐，她想著，殘忍無情又可笑的狄歐，醒過來，醒過來，醒過來，她對著門用力的敲用力的拍，大聲的笑，使勁轉動門把，然後，她飛快的奔向路克的房間，敲門；醒過來，她想著，醒過來去做出軌的事吧。沒有一個人肯開門，她想著；他們都待在裡面，圍著毯子，發抖疑惑，不知道接下來會發生什麼事；醒過來，她想著，開始敲打博士的房門；我看你敢不敢把門打開，出來看我在大山厝的通道上跳舞。

就在這一刻，狄歐朵拉發狂的喊聲令她一驚。「娜娜？娜娜？博士、路克，娜娜不見了！」

可憐的房子，伊蓮娜想著，我竟然忘記了伊蓮娜；現在他們都會開門了，她飛快的跑下樓梯，她聽見背後響起博士著急的聲音，狄歐朵拉還在喊，「娜娜？伊蓮娜？」看看他們有多蠢，她想著；現在我非得進圖書室不可了。「媽媽，媽媽，」她小小聲的說：「媽媽。」她停在圖書室的門口，想吐。在她背後，她可以聽見他們在樓上走廊裡說話；真好玩，她想，整棟房子的一舉一動我都能感覺到，甚至聽得見蒙塔格太太在抗議，還有阿瑟，再來是博士，清楚極了。「我們一定要找到她；拜託大家趕快。」

嗯，我也要趕快了，她想，她跑過長廊跑到小客廳，推開門，爐火還在微微的閃著，桌上的棋子還停留在路克和博士離開時的位置。狄歐朵拉圍的圍巾還搭在她的椅子上；讓我來處理一下吧，伊蓮娜想著，這種低俗的飾品，她把絲巾一頭用牙齒咬住，一扯，扯裂了，落到地上，她聽見他們在下樓梯。他們一起過來了，很焦慮的樣子，互相不斷的說著該從哪個方向著手，一面還不時的叫喊著，「伊蓮娜？娜娜？」

「來了嗎？來了嗎？」遠遠的她聽見，是在房子的某個地方，她聽見樓梯在他們腳下震動，一隻蟋蟀在草地上跳。她放大膽，快活的再從長廊轉到大廳，從大廳門口偷看他們。他們行動一致，大家緊張的你挨著我我靠著你，博士的手電筒掃視著大廳，最後停在前門口，高大的前門整個敞開著。然後，隨著一聲聲「伊蓮娜，伊蓮娜」的叫喚，全體一致的衝過大廳，衝出前門，一面找一面喊，手電筒的動作更是忙壞了。伊蓮娜依著門，笑到迸出了眼淚；他們多蠢啊，她想；輕輕鬆鬆就被我們耍了。他們那麼慢，那麼聾，那麼重；他們踐踏這棟房子，東翻西看，那麼粗魯。她跑過大廳，穿過遊戲室，進入餐廳，再從餐廳進入到處是門的廚房。這裡好，她想，只要一聽見他們的聲音，我隨便走哪個方向都行。他們回到前廳了，一路碰碰撞撞大聲的叫喊著她，她迅速竄上陽台踏入了清涼的夜色。她背靠著門站在那裡，大山厝細細的霧氣環繞著她的腳踝，她抬起頭看著遠近層層疊疊的山丘。安逸自在的窩在這些山丘當中，她想著，安全又溫暖；大山厝太幸福了。

「伊蓮娜？」他們非常靠近了，她沿著陽台跑進大客廳；「赫夫．克雷恩，」她說，「你願意來跟我跳舞嗎？」她向著那一尊碩大無朋的雕像屈膝，它的眼睛炯炯有神的看著她，些許反射的微光輕觸著整座雕像和那些鍍金的座椅，她就在赫夫．克雷恩面前認真的跳起舞來，雕像微微發亮的注視著她。「進出每扇窗子。」她唱著，舞著，感覺她的雙手有人握著。「進出每扇窗子。」她舞出了客廳舞上了陽台，她繞著這棟房子舞著。一圈一圈又一圈，不停的繞，繞，繞，她想著，他們誰也看不見我。就在她繞著房子轉圈的時候她碰著了一扇廚房門，遠在六哩外的達利太太在睡夢中一抖。她來到了塔樓，塔樓整個攬在這棟房子的懷抱中，攬得那麼的緊，她很慢很慢的走過它灰色的石頭面，連碰都不敢碰一下。然後她轉回頭站在高大的門口；現在門又關上了，她伸出手，毫不費力的就推開了它。我就是這樣進入大山厝的，她告訴自己，她大步走了進去，彷彿它本來就是歸她所有。「我來了，」她大聲的說。「我已經走遍了這棟房子，進出過每扇窗子，我跳舞——」

「伊蓮娜？」是路克的聲音，她想，這些人裡面我最不想讓路克逮到我，可別讓他看見我，她暗暗的乞求著，她轉身快跑，一步也不停的跑進了圖書室。

啊我來了，她想。我進到這裡來了。這裡非但不冷，反而很溫暖，暖得通體舒暢。光線夠亮，她看得見迴旋的鐵扶梯順著高塔一路的往上轉，扶梯頂有一扇小門。她腳下的石板像愛撫似的晃動著，磨蹭著她的腳底，溫軟的輕風觸摸著她，撩著她的髮絲，拂著她的手指，對著她的嘴輕輕的哈氣，她轉著圈舞著。這裡沒有石獅子，她想，沒有夾竹桃，我把大山厝的魔咒破除了，我進來了。我回家了，她想——這個想法令她怔了一下，她停下來。我回家了，我回家了，她想，現在往上爬吧。

爬上這道窄窄的鐵扶梯太令人興奮了——愈爬愈高，轉啊轉，往下看，手抓著細細的鐵欄杆，居高臨下的看著最最底下的石板。往上爬，往下看，她想著戶外柔軟的青草地，起起伏伏的山丘，茂密的樹林。她抬起頭往上看，心裡想著大山厝的塔樓氣勢非凡的矗立在樹林間，高聳在蜿蜒的公路之上，那一條通往希爾斯戴爾的公路，它經過繁花圍繞的白屋，它經過有魔法的夾竹桃林，它經過石獅子，還經過更遠更遠的，那一個要為她做祈禱的老婦人。現在時間結束了，她想，所有的一切都沒了，都丟在後頭了，包括那個還在做祈禱，為了我而祈禱的老婦人。

「伊蓮娜！」

一時間她想不起他們是誰（難道他們是她的客人嗎，在這棟有著石獅子的房子裡？在她點著燭光的，長長的餐桌上用餐嗎？她是在河畔那間小客棧認識他們的嗎？他們當中是不是有一個騎著馬，揚著旗幟下山來的人？是不是有一個在黑暗中跟她並肩跑步的人？突然她想起來了，她清楚的想起他們是誰了），她抓著欄杆，遲疑著。他們那麼的小，那麼的弱。他們站在最底下的石板上，指著她；他們在喊她，他們的聲音那麼急切那麼遙遠。

「路克。」她想起來了。他們聽得見她，因為她一說話他們就安靜了。「蒙塔格博士，」她說，「蒙塔格太太，阿瑟。」她想不起另外那一個是誰，默默站在一邊的那一個。

「伊蓮娜，」蒙塔格博士喊著，「轉過身，要小心，要非常的小心，慢慢的走下台階。動作要慢，要非常的慢，伊蓮娜。抓著欄杆千萬別放手。現在轉身，走下來。」

「這人究竟想幹什麼?」蒙塔格太太在質問。她的頭髮上了髮捲，她的睡袍在上腹部的位置有條龍。「快點叫她下來，我們好回去睡覺。阿瑟，快，叫她馬上下來啊。」

「你聽著。」阿瑟開口了，路克走向樓梯口，開始往上爬。

「千萬小心。」博士說，路克繼續往上爬。「這梯子鏽得快斷了。」

「它撐不住你們兩個人的。」蒙塔格太太肯定的說。「搞不好還會砸到我們頭上。阿瑟，過來，站到門口這邊。」

「伊蓮娜，」博士喊，「你能夠轉過身慢慢的下來嗎?」

她頭頂上只有那一扇通往塔尖的暗門;她站在窄小的扶梯口，動手去推那一扇暗門，可是推不動。她掙扎著用拳頭使勁的捶，她心焦如焚，快打開，快打開啊，不然他們就要來抓我了。偏過頭，她看見路克穩穩的，一圈繞過一圈的在往上爬。「伊蓮娜，」他說:「站著別動。別動。」他的聲音裡有著害怕。

我逃不掉了，她想。她往下看，有個臉孔她看清楚了，有個名字湧上心頭。「狄歐朵拉。」她說。

「娜娜，聽話，照他們說的話做。求你。」

「狄歐朵拉?我出不去;這門釘得太牢了。」

「好在它釘得太牢，」路克說。「也是你的運氣，小姐。」他爬著，一點一點的接近，幾乎就快搆到狹窄的平台了。「待著別動。」他說。

「待著別動，伊蓮娜。」博士說。

「娜娜，」狄歐朵拉說。「拜託你照他們說的話做。」

「為什麼？」伊蓮娜往下看，她看見下方令人暈眩的塔樓，看見巴在牆壁上的鐵扶梯在路克的腳下不斷晃動，看見冰冷的石板地，看見距離很遠的、那一張張向上瞠視的白臉。

「我怎麼下得去啊？」她無助的問。「博士——我怎麼下得去啊？」

「動作要慢，要非常慢。」他說。「照路克的話做。」

「娜娜，」狄歐朵拉說，「不要怕。沒事的，真的。」

「當然沒事，」路克冷冷的說。「頂多我的脖子摔斷而已。撐住，娜娜；我就上來了。我要站上平台，讓你走在我前面，先下去。」儘管爬了這麼久，他似乎臉不紅氣不喘，但是抓住欄杆的手卻抖得厲害，他臉上也汗濕了。「來吧。」他提高聲音說。

伊蓮娜退縮。「上次你叫我先走，結果你根本沒跟上來。」她說。

「我看不如乾脆把你推下去，」路克說。「讓你直接栽到石板上。別鬧了，慢慢的挪過來吧；從我身邊過去，開始下樓梯。但願，」他惱火的補上一句，「我能忍住不把你推下去的衝動。」

她聽話的挪動一下身子，讓自己貼緊堅硬的石壁，路克小心翼翼的擦過她身邊。「下去吧，」他說。「我就在你後面。」

她瑟縮的走著，她每走一步，鐵扶梯就在她的腳下搖著晃著呻吟著。她看著她抓著欄杆的手，很白，因為她抓得實在太緊了，她看她光著的腳丫，一次一步的，極度小心的挪著，但是她無論如何都不再看底下的石板。要慢慢的往下走，要非常的慢，她一遍一遍的告訴自己，除了腳下扭曲到近乎變形的梯階之外，她什麼也不想，她非常非常非常慢的往下挪著。「別慌。」路克在她後面說。「放輕鬆，娜娜，一點都不用怕，我們就快到了。」

自然而然的，在它下方，博士和狄歐朵拉一起伸開手臂，彷彿隨時準備在她栽下來的時候一把接住她，一度，伊蓮娜一個不穩，錯了腳步，欄杆一陣亂晃，她拚了命的攀著。狄歐朵拉喘著氣，奔過去扶住樓梯。「沒事的，小娜。」她一遍又一遍的說：「沒事，沒事。」

「快了，就到了。」博士說。

一步一步慢慢的，伊蓮娜蹭了下來，最後，連她自己都不敢相信的，她踩到了石板地。她身後，樓梯晃得嘎嘎作響，路克走完最後幾步，穩定正常的走過房間，倒在椅子上，低著頭不停的抖。伊蓮娜轉身抬頭，望著之前她站立的那一個小小的，駭人的高點，再看那一道歪曲變形，靠著塔壁還在亂晃著的鐵扶梯，她小聲地說：「我一直在跑。我一直在跑。」

蒙塔格太太勁道十足的從避難的門口走了過來，那裡是她和阿瑟防範樓梯崩塌的臨時避難所。「有誰贊同我的看法嗎？」她措辭優雅的問，「是否覺得這位年輕的女士今晚給我們添了極大的麻煩？現在，就以我個人來說，我要回房睡覺了，阿瑟也一樣。」

「大山厝——」博士發話。

「這個幼稚的鬧劇可想而知已經毀了今晚任何通靈的機會，我可以坦白的告訴大家。在經過這場荒謬可笑的演出之後，我當然不可能再想見到我們這兒任何一位靈界的朋友了，所以恕我先告退——如果各位確定已經玩夠了鬧夠了也吵夠了——那我就要說晚安了。阿瑟。」蒙塔格太太一陣風似的掃了出去，睡袍上的那條龍張牙舞爪，殺氣騰騰。

「路克嚇壞了。」伊蓮娜說，她看著博士再看狄歐朵拉。

「路克真的嚇壞了。」他在她身後附和著說。「路克嚇到幾乎走不下來了。娜娜，你簡直是個蠢蛋。」

「我也傾向於路克的說法。」博士也十分的不悅，伊蓮娜轉移視線，看著狄歐朵拉，狄歐朵拉說：「我猜你是『不得不』，娜娜？」

「我沒事。」伊蓮娜說，她沒辦法再看他們任何一個。她低下頭，吃驚的看著自己的光腳丫，這才發現剛才是它們把她毫無知覺的，從鐵扶梯上一路帶下來的。看著自己的腳，她想了想，然後抬起頭。「我下樓是為了到圖書室去拿本書看。」她說。

2

這個事件很丟臉，很不像話。早餐時候大家一句也沒提，伊蓮娜跟其他人一樣，照樣有一份咖啡、雞蛋和麵包捲。她也照樣可以跟其他人一樣，慢慢吞吞的喝著咖啡，看著外面的陽光，對天氣發表一些意見；有幾分鐘時間她甚至真的以為昨晚什麼事也沒發生過。路克把檸檬汁傳給她，狄歐朵拉隔著阿瑟的頭頂對她微笑，博士也向她道早安。早餐過後，十點整達利太太進來收拾，大夥毫無異議的，一個跟著一個，沉默的走向小客廳，博士坐在壁爐前的老位子。狄歐朵拉身上穿著伊蓮娜的紅毛衣。

「路克把你的車開出來了。」博士溫和的說，他的眼神關切友善。「狄歐朵拉會上去幫你打包整理。」

伊蓮娜格格的笑著。「她不行的。她會沒衣服穿。」

「娜娜——」狄歐朵拉忽然住了口，她瞄著蒙塔格太太，蒙塔格太太聳了聳肩膀，說：「我仔細檢查過那個房間。本來就該如此。我想不透為什麼你們誰也沒想到應該這麼做。」

「我有這個打算，」博士帶著歉意說。「可是我想——」

「你老是在想，約翰，這就是你的毛病。我當然馬上就去檢查。」

「狄歐朵拉的房間？」路克問。「我可不願意再踏進去那裡。」

蒙塔格太太看起來非常驚訝。「我不明白這是為什麼。」她說。「那裡沒有任何問題啊。」

「我進去看過了我的衣服，」狄歐朵拉對博士說。「全部都好好的。」

「房間需要打掃，那是當然，可是這能夠怪誰，你把房門鎖著，達利太太沒辦法——」

博士的聲音壓過了他太太的聲音。「——我不知道該怎麼表達我的歉意。」他說。「有任何需要我效勞的……」

伊蓮娜大笑。「可是我不能走。」她說，卻想不出一個適當的理由。

「你在這裡已經待得夠久了。」博士說。

狄歐朵拉盯著她。「我不需要你的衣服了。」她耐著性子說。「你沒聽見蒙塔格太太的話嗎？我不需要你的衣服了，就算有需要我也不會再穿；娜娜，你真的必須離開這裡了。」

「可是我不能走。」伊蓮娜說，她仍舊笑得很大聲，因為她實在不知道該從何說起。

「這位女士，」路克嚴謹的說，「我不歡迎你再待在這兒作客了。」

「還是讓阿瑟開車送她回城裡去吧。阿瑟會把她平安送到的。」

「到哪裡？」伊蓮娜對著他們搖頭，她能感覺到她一頭美好濃密的秀髮襯托著她的臉龐。「到哪裡？」她快活的問。

「啊，」博士說，「家啊，當然。」狄歐朵拉接著說：「娜娜，你自己的小天地，你自己的公寓，你的東西全都在那裡。」伊蓮娜聽得哈哈大笑。

「我哪有什麼公寓。」她對狄歐朵拉說。「那是我編造的。我睡在我姊姊家的小床上，睡在嬰兒的房間裡。我根本沒有家，我根本沒有小天地。我不能回去，因為我偷了她的車。」她笑著說，她聽見自己說的話，那麼不得體，那麼詞不達意。「我根本沒有家，」她再一次的說，她滿懷希望的看著他們。「哪有家。在這世界上我全部的擁有就是車子後面的一個紙板箱。那就是我的全部，幾本書和小女孩時候留下來的一點點東西，還有我母親給我的一只手錶。所以你們能送我到哪裡，根本無處可送。」

我，當然，我還可以繼續不斷的說下去，她看著他們目瞪口呆的面孔，她想告訴他們。我可以繼續不斷的說下去，我要把我的衣服留給狄歐朵拉；我可以隨處漂泊，無家可歸，我希望回來這裡。她想告訴他們，讓我住下來既簡單又合理，而且令我快樂。

「我要待在這裡。」她對他們說。

「我已經跟那位姊姊談過話了。」蒙塔格太太意味深長的說。「我必須說，她第一句問的就是那輛車。一個俗不可耐的人；我告訴她不必擔心。你真是大錯而特錯，約翰，居然讓她偷她姊姊的車開來這裡。」

「親愛的。」蒙塔格博士欲言又止的兩手一攤。

「無論如何，人家在等著她。那位姊姊對我非常不滿，他們原本計畫今天去度假，雖然她遷怒於我……」蒙塔格太太拿怒眼瞪著伊蓮娜。「我還是認為應該找個人把她平平安安的送到他們手裡。」她說。

博士搖了搖頭。「這是錯的，」他慢慢的說。「隨便派個人陪她去是錯誤的。她必須盡快忘記這棟房子裡所有的一切；我們不可以讓相關的聯想再延續。一旦離開了這裡，她就會回復到原來的自己……你自己開車回去行嗎？」他問伊蓮娜，伊蓮娜大笑。

「我這就去幫她整理行李。」狄歐朵拉說。「路克，你去檢查一下她的車子把它開過來；她只有一只手提箱而已。」

「活生生的埋進牆壁。」伊蓮娜對著他們毫無表情的面孔再次放聲大笑。「活生生的埋進牆壁。」她說。「我不走，我要待在這裡。」

3

他們沿著大山厝的台階密密實實的排成一行，守護著前門。從他們的頭頂望去，那些窗戶正在往下看，一旁的塔樓信心滿滿的在等待著。假如她能想出一個辦法把真正的原因說出來，她會哭；但是，她只能帶著微笑，黯然神傷的看著她自己的窗口，看著房子逗趣又特別的面容，它靜靜的在觀察她。這棟房子在等待著，她想，它在等待她；其他的人一個也滿足不了它。「這棟房子要我留下來。」她告訴博士，他定定的看著她。他站得很挺很有精神，彷彿他以為她會選擇他而不是這棟房子；彷彿，他以為她既是因他而來，他當然有責任把她送走。他堅強的背對著這棟房子，她坦率的看著他說：「對不起。太對不起了，真的。」

「你先到希爾斯戴爾。」他淡淡的說；或許他不敢說得太多，或許他以為一個親切的字眼，一句憐惜的話，可能就會使他心軟，又再把她招了回來。陽光普照著山丘、房子、院子、草坪、樹林，還有小溪；伊蓮娜深呼吸，轉身，把這一切都收在眼底。「到了希爾斯戴爾再轉上5號公路往東走；到了艾希頓就會看到39號公路，從那裡你就可以直接開回家了。為了你的安全起見，」他突然急切的說，「為了你的安全起見，親愛的；相信我，如果我能預先料到這——」

「真的太對不起了。」她說。

「我們不能夠冒險，你知道的，一點點都不能。我現在才體會到我讓你們涉入了一個多麼大的危險。現在……」他搖頭嘆息。「你記住了嗎？」他問。「到了希爾斯戴爾，再上5號公路——」

「聽我說，」伊蓮娜靜默片刻，她想把真相說出來。「我真的一點也不害怕。我現在很好。我很——快樂。」她真誠的看著博士。「快樂，」她說，「我不知道該怎麼說。」她說，她又害怕起來，害怕她就要哭了。「我不想離開這裡。」

「等下次吧。」博士堅定的說。「你難道不懂我們擔不起這樣的風險嗎？」

伊蓮娜內心掙扎著。「有人要為我祈禱，」她傻傻的說，「有個女人，我很久以前遇到的。」

博士的口氣很溫和，他的一隻腳卻不耐煩的點著。「你很快就會忘掉這一切的。」他說。「你一定要把大山厝所有的一切統統忘掉。帶你來這裡是我最大的錯誤。」他說。

「我們來這裡多久了？」伊蓮娜突然發問。

「一個多星期吧。怎麼了？」

「這是我一生中唯一發生過的一件大事。我喜歡。」

「這，」博士說，「就是你務必盡快離開的原因。」

伊蓮娜閉起眼睛，嘆了口氣，她感覺著，聽著，聞著這棟房子；廚房外面的花叢濃郁芬芳，潺潺的溪水流過石塊濺起了水花。更遠一點，在樓上，或許就是在育嬰室吧，小小的一陣旋風掃過地板，揚起了灰塵。圖書室的鐵扶梯搖擺著，赫夫・克雷恩的大理石眼睛閃閃發光；狄歐朵拉的黃襯衫好端端的掛著，沒有一絲污點，達利太太正在準備五人份的午餐。大山厝在看著，很傲慢很忍耐。「我不要走。」伊蓮娜向著高高的窗子說。

「你要走，」博士終於現出了不耐煩。「現在馬上。」

伊蓮娜放聲大笑，轉身，伸出手。「路克。」她說，他走上前，不說話。「謝謝你昨晚把我帶下來。」她說。「是我的錯。我現在知道了，你非常勇敢。」

「確實是的，」路克說。「我這輩子從來沒有這樣大的勇氣。我很高興把你送走，娜娜，因為我絕對不會再做第二次。」

「這，依我的看法，」蒙塔格太太說，「你要走就趕快動身吧。我對道別並沒有什麼反感，但我個人覺得你們實在太誇張了，我真的覺得我們最好趕快把該做的事了結，別老是站在這裡說大道理，我們大家都知道你非走不可。你沒時間了，趕快回市區，你姊姊還在等著去度假呢。」

阿瑟點點頭。「淚眼相送，」他說。「不必忍著，我是說我。」

遠遠的，小客廳裡，壁爐裡的灰燼輕輕掉落。「約翰，」蒙塔格太太說，「我看或許這樣比較好，就讓阿瑟——」

「不，」博士堅決的說。「伊蓮娜必須自己從來時的路回去。」

「我要向誰感謝這一段可愛美好的時光呢？」伊蓮娜說。

博士挽起她的胳臂，路克站在她身邊，兩個人一起帶領著她走向她的車子，替她開了車門。紙板箱仍舊擱在後座，她的手提箱在車底板上，她的大衣和筆記本在座位上；路克已經發動了馬達。「博士，」伊蓮娜一把抓緊他，「博士。」

「抱歉，」他說。「再會。」

「開車小心。」路克禮貌地說。

「你不能就這樣逼我走，」她激動的說。「是你帶我來這裡的。」

「所以我現在把你送走。」博士說。「我們不會忘記你的，伊蓮娜。不過，現在你唯一重要的大事就是，忘記大山厝和我們大家。再會。」

「再會。」站在台階上的蒙塔格太太直截了當的說。接著是阿瑟，「再會，一路順風。」

伊蓮娜，一隻手搭在車門上，停步回頭。「狄歐？」她一副如夢初醒的語氣，狄歐朵拉衝下台階奔向她。

「我還以為你不跟我說再見了。」她說。「噢，小娜，我的娜娜——要快樂；你一定要快樂。真的不要忘記我；將來有一天一切都會變好的，真的，你寫信給我，我回信給你，我們互相拜訪，開心聊天，聊我們在大山厝裡做過的看過的聽過的各種瘋狂的事——噢，小娜！我還以為你不跟我說再見了。」

「再見。」伊蓮娜對她說。

「小娜，」狄歐朵拉怯怯的說，伸出手碰了碰伊蓮娜的臉頰，「聽著——也許有那麼一天我們還會在這裡相見？去小溪邊野餐？我們始終都沒有去野餐。」她告訴博士，他看著伊蓮娜，搖搖頭。

「再見。」伊蓮娜對蒙塔格太太說。「再見，阿瑟。再見，博士。希望你的書非常成功。路克。」她說，「再見。再見。」

「娜娜，」狄歐朵拉說，「千萬要小心。」

「再見。」伊蓮娜滑進了車子裡；這車感覺好陌生好奇怪；我已經習慣了大山厝的安逸舒適，她一面想著，一面提醒自己探出車窗向大家揮手道別。「再見，」她喊著，「再見，再見。」她笨手笨腳的摸索了半天，鬆開煞車，車子慢慢的移動了。

他們也溫順的向她揮著手，靜靜的站在那裡，看著她。他們要看著我把車開走，她想；這只是禮貌，他們要目送我，一直到我出了他們的視線為止；所以我現在要走了。漂泊止於情人的相遇。可是我絕不會走的，她想著，自顧自的大聲笑著；大山厝才不像他們這麼簡單；就憑他們一句話，怎麼可能逼走我，大山厝是要我留下來的呀。「走開，伊蓮娜，」她大聲呼喊，「走開，伊蓮娜，我們不再需要你了，不要你待在『我們的』大山厝裡了，走開，伊蓮娜，你不能待在這裡；但是我能，」她唱著，「但是我能；這裡的規矩不是由他們訂的。他們不能甩開我，封殺我，嘲笑我，躲避我；我不會走的，大山厝是屬於我的。」

她當機立斷，一腳用力踩下離合器；這次他們跑得再快也抓不到我了，她想，現在，他們心裡一定有數了；我不知道誰會最先發現？路克，幾乎可以肯定是他。現在我聽見他們在叫喊了，她想，細碎的腳步聲從大山厝奔出來，山丘輕柔的聲息更加迫近了。我是來真的，她想著，將方向盤一轉，車子筆直衝向車道轉彎口的那棵大樹；她想，我是來真的，現在，終於，全部由我自己一個人來了！沒別人，就是我，真的，真的，真的，完完全全由我自己一個人來了！

就在車子撞上大樹前的那一秒，就在那電光石火的一剎那，她清楚地想著，我為什麼要這麼做？我為什麼要這麼做？他們為什麼不來阻止我？

4

山德森太太聽到蒙塔格博士和他的小組平安離開了大山厝，她大大的鬆了一口氣；她告訴她的家庭律師說，假如蒙塔格博士有任何一絲打算留在那裡的跡象，她一定會把他們攆出去。忐忑不安的朋友見到狄歐朵拉能這麼快回來感到非常的高興；路克去了巴黎，他的姑媽熱誠的希望他在那邊待一段時間。蒙塔格博士做完對大山厝靈異現象的分析報導，獲得了冷淡到近乎輕蔑的回應之後，他終於決定從這方面的學術研究退休。至於大山厝，仍舊昏昏沉沉的挺立在群山當中，保持著它一貫的黑暗；它如此這般的已經挺立了八十年，可能還會繼續挺立個八十年。大山厝裡面，它的牆壁依舊硬挺，磚塊依舊密合，地板依舊平整，房門依舊懂得關閉；沉默依舊安穩的賴著大山厝裡的一石一木，不管那裡有什麼東西在走動，依舊是孤單的走動著。

國家圖書館預行編目資料

鬼入侵／雪莉．傑克森（Shirley Jackson）著. 余國芳譯. --初版. --臺北市：寶瓶文化, 2015. 04
面；　公分. --（Island；238）
譯自：The haunting of hill house
ISBN　978-986-406-009-2（平裝）

874.57　　　104004401

island 238

鬼入侵

作者／雪莉．傑克森（Shirley Jackson）　　譯者／余國芳
外文主編／簡伊玲

發行人／張寶琴
社長兼總編輯／朱亞君
主編／簡伊玲．張純玲
編輯／賴逸娟．丁慧瑋
美術主編／林慧雯
校對／賴逸娟．劉素芬．陳佩伶
企劃副理／蘇靜玲
業務經理／李婉婷
財務主任／歐素琪　業務專員／林裕翔
出版者／寶瓶文化事業股份有限公司
地址／台北市110信義區基隆路一段180號8樓
電話／(02)27494988　傳真／(02)27495072
郵政劃撥／19446403　寶瓶文化事業股份有限公司
印刷廠／世和印製企業有限公司
總經銷／大和書報圖書股份有限公司　電話／(02)89902588
地址／新北市五股工業區五工五路2號　傳真／(02)22997900
E-mail／aquarius@udngroup.com

法律顧問／理律法律事務所陳長文律師、蔣大中律師
如有破損或裝訂錯誤，請寄回本公司更換
著作完成日期／一九五九年
初版一刷日期／二〇一五年四月
初版二刷日期／二〇一五年四月二日
ISBN／978-986-406-009-2
定價／三二〇元

AQUARIUS 寶瓶文化事業

愛書人卡

感謝您熱心的為我們填寫，
對您的意見，我們會認真的加以參考，
希望寶瓶文化推出的每一本書，都能得到您的肯定與永遠的支持。

系列：Island238　**書名：鬼入侵**

1. 姓名：＿＿＿＿＿＿＿＿　性別：□男　□女

2. 生日：＿＿＿年＿＿＿月＿＿＿日

3. 教育程度：□大學以上　□大學　□專科　□高中、高職　□高中職以下

4. 職業：＿＿＿＿＿＿＿

5. 聯絡地址：＿＿＿＿＿＿＿＿＿＿＿＿＿＿＿＿＿＿＿＿

   聯絡電話：＿＿＿＿＿＿＿＿　手機：＿＿＿＿＿＿＿＿

6. E-mail信箱：＿＿＿＿＿＿＿＿＿＿＿＿＿＿＿＿

   □同意　□不同意　免費獲得寶瓶文化叢書訊息

7. 購買日期：＿＿＿年＿＿＿月＿＿＿日

8. 您得知本書的管道：□報紙／雜誌　□電視／電台　□親友介紹　□逛書店　□網路
   □傳單／海報　□廣告　□其他

9. 您在哪裡買到本書：□書店，店名＿＿＿＿＿　□劃撥　□現場活動　□贈書
   □網路購書，網站名稱：＿＿＿＿＿＿　□其他＿＿＿＿＿

10. 對本書的建議：（請填代號　1.滿意　2.尚可　3.再改進，請提供意見）

    內容：＿＿＿＿＿＿＿＿＿＿＿＿

    封面：＿＿＿＿＿＿＿＿＿＿＿＿

    編排：＿＿＿＿＿＿＿＿＿＿＿＿

    其他：＿＿＿＿＿＿＿＿＿＿＿＿

    綜合意見：＿＿＿＿＿＿＿＿＿＿＿＿＿＿＿＿＿＿＿＿＿＿＿＿

11. 希望我們未來出版哪一類的書籍：＿＿＿＿＿＿＿＿＿＿＿＿＿＿

讓文字與書寫的聲音大鳴大放

寶瓶文化事業股份有限公司

（請沿此虛線剪下）

廣　告　回　函
北區郵政管理局登記
證北台字15345號
免貼郵票

寶瓶文化事業股份有限公司　收

110台北市信義區基隆路一段180號8樓

8F,180 KEELUNG RD.,SEC.1,

TAIPEI.(110)TAIWAN R.O.C.

（請沿虛線對折後寄回，謝謝）